TIERNO MONÉNEMBO

Zahltag in Abidjan

Roman

Aus dem Französischen von Gunhild Niggestich und Gudrun Honke
Mit einem Nachwort von Gudrun Honke

PH
V

Titel der Originalausgabe: Un attiéké pour Elgass
erschienen bei Editions du Seuil, Paris 1993

Die Deutsche Bibliothek – CIP-Einheitsaufnahme

Monénembo, Tierno:
Zahltag in Abidjan / Tierno Monénembo. – Wuppertal :
Hammer, 1996
Einheitssacht.: Un attiéké pour Elgass <dt.>
ISBN 3-87294-642-0

Die Übersetzung aus dem Französischen wurde mit Mitteln
des Auswärtigen Amtes unterstützt durch die
Gesellschaft zur Förderung der Literatur aus Afrika,
Asien und Lateinamerika e.V. in Zusammenarbeit
mit dem Institut für Auslandsbeziehungen.

Lektorat: Gudrun Honke
Umschlaggestaltung: Wolf Erlbruch
Satz: Data System, Wuppertal
Druck und Bindung: Clausen & Bosse, Leck

Für Williams Sassine und für einige andere,
die mir zu Hause und auf späteren Wegen
Gefährten gewesen sind:
Laho Djongassi Bah,
Souleymane Mazo Bah,
Sadou Barry Mokataka,
Solano Amara, Lemmy, Hotthiah,
sie leben noch.
Camara Abdoulaye Castel,
Algassimou Diallo, genannt Elgass,
Bayo Kalifa, Bah Ibrahima Bonnel,
Chérif Ringo Diallo,
schon auf der anderen Seite.

Die Regenzeit hat die Reihe Akazien wieder grün werden lassen. Um sie sehen zu können, muß ich mich über das Geländer beugen und, so gut ich kann, durch das wilde Geflecht aus Zweigen und Stacheldraht hindurchspähen. Da ist sie, ganz hinten im Hof, genau zwischen der Turnhalle und der Küche. Sie trägt einen Morgenmantel und klammert sich an einen Besen. Aus so großer Entfernung sieht es aus, als wäre sie ein an die bröckelnde Wand der Marienschule geworfenes Bild. Um sie herum ist Bewegung: im Wind flatternde Wäsche, aufziehbare Stofftiere, ein oder zwei Engelchen. Obierika, Ekwefi? Vielleicht auch Papillon. Sie sind schlecht zu erkennen durch die Wurzeln und Blüten hindurch, die das Wunder einer ersten Regennacht hervorgebracht hat.

An Sonntagen, den ironischen Spektakeln der Barmherzigkeit, bleiben sie länger als recht und billig im Bett. Sie kann sich Zeit nehmen, den Hof zu fegen, ihre Nächsten zu betören, genießerisch die frische Luft einzuatmen – eine majestätische Erscheinung und wie immer inmitten eines Grüppchens von Verlassensängsten besessener Kinder.

Ich erwache, das ist mir zur Gewohnheit geworden, vom Klang ihrer Schritte, der sich unauflöslich, wie Wasser und

Salz, mit dem mühseligen Gelispel der Kleinen vermischt. Ein sonderbares, ungewisses und – wenn ich noch eine Meinung dazu hätte – vor allem lächerliches Rendezvous, das ich trotzdem nie versäumt habe, selbst in Zeiten größten Hungers nicht und auch nicht nach Elgass' Tod.

Ein Sprung aus meiner Koje, ein Satz über Laho, der neben der Trennwand schläft, und ich schwinge mich eiligst auf die Veranda, lege mich auf die Lauer. Mit der Zeit kommt es mir so vor, als wüßte ich alles von ihr: Was sie gern hat und wovor sie zurückschreckt, wie anmutig sie sich bewegt. Jetzt gehört sie ein wenig mir, diese unnahbare junge Frau, die niemals ein Wort sagt. Zumindest wünschte ich, daß es so wäre. Denn, das darf ich nicht vergessen, Polycarpe Dossou ist in sie verliebt, ja, der auch. Alban Angba Tiassalé schreibt Gedichte für sie, und zwar, wie es einem alten Brauch bei uns zu Hause entspricht, hinter dem Rücken seiner Dulcinea, Angèle Essui-Ehoulé. Firmin Mémel-Foté schickt ihr Blumen. Der Urkundsbeamte aus der Wohnstadt der Künste hat sich schon dreimal erhängt, weil sie keine zärtlichen Gefühle für ihn hegt. Und der Oberst höchstpersönlich! Trotz seines Asthmas holt der Oberst für die paar Meter, die seine Villa am Campusweg von der Studentenwohnstadt Mermoz trennen, mehrmals am Tag seinen Mercedes aus der Garage. Und das alles nur, um einen Blick auf sie zu werfen.

»Wenn sie dem höchsten Dienstgrad im Viertel den Kopf verdreht, muß sie noch viel schöner sein, als wir annehmen«, sagt Konan Brou-Félix. Dieser eingefleischte Musikfan aus Nr. 5 meint, daß ihre Schönheit unbegrenzt vervollkommnungsfähig ist. Seinen Reden nach zu urteilen hat sie, wie die Gemälde der großen Meister, die Gabe, ihre Züge und ihren Teint je nach Lichteinfall zu verändern. Um die Mittagszeit wird ihr Hals manchmal sichtbar länger, ihre

Haut schimmernder, bekommen ihre Haare mehr Glanz, läßt ein wundersames Schönheitsmittel ihre Augen leuchten und ihre Wangen erstrahlen. Sie wird dann zu einer Statue, anbetungswürdig und verwirrend zugleich, und »das läßt dir keine Ruhe, es provoziert dich, es zieht dich magisch an, es betört dir alle Sinne. Bis du in jene obskure Schwingungsfrequenz gerätst, in der sie trotz des Abstandes und trotz ihrer absoluten Gleichgültigkeit dir gehört und du ihr.«

»Der Oberst kann ruhig den Motor seines Cabrio heißlaufen lassen, er kriegt sie nie. Er kann ihr den Schlitten schenken oder sogar einen Staatsstreich anzetteln, er kriegt sie nie. Das ist kein Mädchen wie die aus Treichville-Bromakoto. Sie findet ihre Befriedigung darin, sich in ihrer eigenen Schönheit zu spiegeln. Sie macht es wie die Atmosphäre: Im Wechselspiel mit der Sonne erblaßt sie, oder sie blüht auf. Der Oberst, der kriegt sie nie; niemand kann das Blaue vom Himmel herunterholen.«

Konan Brou-Félix hat mit Sicherheit recht, der Oberst kriegt sie nie. Aber wenn sogar ein leibhaftiger Oberst... Eben das müssen sich in diesem Augenblick auch Polycarpe Dossou hinter den Jalousien von Nr. 2 und Konan Brou-Félix auf seinem Beobachtungsposten in Nr. 5 sagen... selbst wenn letzterer sich schon mit einem ordentlichen Schluck Kutuku-Schnaps und einigen Langspielplatten Zaire-Musik in Stimmung gebracht hat. Und eben das ist auch der Alptraum, der Lahos Schlaf heimsucht, das Unaussprechliche, das verbannt ist in alle Herzen, die in diesem Augenblick, das sollte noch einmal gesagt werden, nicht nur in den Gängen von Mermoz, sondern trotz der Hinterlist der Spitzenvorhänge auch in den neuen Bungalows auf der anderen Seite der Marienstraße für sie schlagen.

Ich jedenfalls pfeife auf den Oberst, auch wenn er immer wieder die Güte hat, mich in die Vorstadtkneipen zu fahren. Dasselbe gilt für das Rührstück des Urkundsbeamten, für Firmin Mémel-Fotés verstaubte Romantik. Die Schwärmerei von Konan Brou-Félix? Sie amüsiert mich, stört mich aber nicht. Nichts anderes zählt als die Illusion, die sich meiner bemächtigt hat und die mich heute so vollkommen erfüllt, daß ich sie gar nicht weiter nähren muß. Gegen jeden äußeren Anschein bin ich davon überzeugt, daß sie es meinetwegen hier übersteht, daß sie meinetwegen durchhält und alle fasziniert. Das Spiel, das wir spielen, hat nichts Zufälliges, es gehorcht einem Code. Jede ihrer Gesten stellt eine an mich gerichtete Botschaft dar. Sie fegt den Hof, weil sie weiß, daß ich sie erwarte. Sie hätte das auch anderen überlassen können: der Matrone, der Köchin oder den Mädchen, die von Zeit zu Zeit kommen, um die Wäsche zu waschen. Sie, die mit niemandem spricht, weder mit den Totengräbern noch mit den Nachbarn – mich grüßt sie. Da wird bestimmt etwas vermutet. Laho mustert mich auf eine merkwürdige Art, und ich finde Polycarpe Dossou recht neugierig, wenn wir uns von den anderen absondern, um Tischfußball zu spielen. Auch Habib übrigens, zu der Zeit, als wir meine Bude teilten.

Im Moment jedenfalls sehe ich ihr zu. Sonntags gehört sie mir, mehr noch als sonst. Ich kann sie länger ansehen, und es begehren sie weniger Augenpaare; aus vielerlei Gründen, die mit der sonntäglichen Ausnahmesituation zu tun haben – ausgiebige Sauftouren am Samstagabend zum Beispiel –, stehen die meisten Studenten erst zum Mittagessen auf.

Jetzt verschwindet sie in der Biegung des umgekehrten P, das der Hof zwischen der Akazienhecke, der Mauer zur Schule hinten, den neben der Küche liegenden Schlafsälen und der Turnhalle bildet. Während der Zeit, die sie dort, vorausgesetzt, die Engelchen lassen sie in Ruhe fegen, besenschwingenderweise verbringt (es kommt nicht selten vor, daß das eine oder andere blutet, in Ohnmacht fällt oder sich in Krämpfen windet, was sie zwingt, zur Krankenstation zu laufen – soll ich sagen, um mir den Tag zu verderben?), muß ich mich in Geduld fassen. Diese kurze Unterbrechung hat einen Namen: der Zwischenakt, der selbst hier, an diesem gottverlassenen Ort vorzeitigen Erstarrens und tiefer Einsamkeit, seine Rolle spielt. Ich nutze die Zeit, um eine Zigarette zu rauchen, und im selben Augenblick kommt mir wieder richtig zu Bewußtsein, daß sich Laho in dem halboffenen Zimmer befindet.

Wirklich, ich sollte ihn jetzt wecken, wir müssen zur Bar Hélène. Idjatou erwartet uns dort, Idjatou fliegt morgen nach Brüssel. Schon? Was hätte Elgass dazu gesagt? Hätte er sie daran gehindert? Ich wette nein. Elgass hat sich niemals irgend etwas widersetzt, und genau deshalb ist er auch gestorben. Er hätte ihr eine Bernsteinkette als Abschiedsgeschenk überreicht. Ganz bestimmt hätte auch er seinen Anteil beigesteuert, und heute abend wäre er dann wie wir alle in die Kneipe von Tantie Akissi gekommen, um mit der Kleinen ein letztes Mal zu tanzen. Tanzen – die Landsbrüder sind ganz wild darauf, besonders, wenn einer von ihnen zu den Antipoden aufbricht. Und das ist auch nicht einmal das Schlechteste, was sie sich haben einfallen lassen, um der Grausamkeit der Stadt Paroli zu bieten.

Ich höre nun deutlich, wie Laho sich auf seinem Lager hin und her wälzt. Das lenkt mich für den Bruchteil einer Sekunde ab. Daher verpasse ich den Moment, wie sie am Längsstrich des P ankommt, am Ende der Allee, unten an der Hecke. Sie ist schon dort und damit in meinem Blickfeld: Besen und Schatten, Krüppel und Grazie. Wie ich mir schon dachte, sind Ekwefi, Obierika und Papillon um sie herum. Tola und Owolomo, Chielo und Ezimba sind auch da! Wie klein sie geworden sind! Als sie ankamen, konnte man sie noch auseinanderhalten, selbst dann, wenn sie der Mauer Fußtritte versetzten. Ob sie wohl bald in ihr Heimatland zurückkehren? Wie man hört, soll der Krieg zu Ende sein. Noch ein Jahr, und man wird sie nur noch mit der Lupe erkennen können. Aber wer sollte denn überhaupt in der Lage sein, sie wiederzuerkennen? Der Haarausfall hat sie kahlgeschoren, Kwashiokor sie aufgezehrt. Skorbut hat sie alle auf die gleiche Größe schrumpfen lassen. Immer in dieselben Hemden gekleidet, sind sie geschlechtslos geworden, außer Papillon, der den Tick hat, splitterfasernackt herumzulaufen. »You need something, Chielo?« Chielo heißt der, der sich nur auf dem Rücken fortbewegt. Anfangs lachten alle, aber schließlich hat man sich auch daran gewöhnt. Seine Ärmchen sind nur noch wie die kümmerlichen Fangarme der Vogelspinne; sein geschwollener Hintern erinnert an eine Qualle. Trotzdem bewegt er sich behende über den ganzen Hof, besser jedenfalls als einige seiner Kameraden, die dank ihrer Stummel oder Krücken doch aufrecht gehen können. »Oh! You, do you need something?« Noch einmal die Frage, schärfer und ungeduldiger nun. Die besonderen Umstände haben ihre Methoden nicht verändert: Sie betreut und schikaniert sie mit derselben Entschlossenheit. »Chielo, oh!« Chielo gibt aber keine Antwort. Er weigert sich mitzukommen, als sie sich anschickt, die Allee hinaufzugehen. Er bleibt zusammengerollt auf dem Kies liegen, um plötzlich, als hätte er etwas entdeckt, das ihn in den Bann zieht, mit der Geschwindigkeit einer Kaulquappe auf die Hecke zuzurobben. »Shit! Little dirty rat!« Der Ausruf muß ihn erschreckt haben. Ein letzter Stoß mit dem Rücken, und er fällt am

Fuß der Hecke zwischen die Mangosprößlinge und die unterste Reihe Stacheldraht. Mit den Ellenbogen reißt er Blätter und Grashalme ab, will sie sich in den Mund stecken. »Chielo! Chielo!« Sie läuft zu ihm, die anderen ihr nach, jeder auf die Art, die scin Zustand ihm erlaubt. Wie schön sie inmitten dieser Kreaturen ist! Tantie Akissi hat recht: »Ja, auch Kohle hat ihre Daseinsberechtigung, und die besteht darin, Gold glänzen zu lassen.«

»He just needs any greenery«, sage ich in meinem schlechten Englisch, wobei mir klar ist, daß sie mir allenfalls mit einem stolzen oder schüchternen Achselzucken antworten wird.

Ihr grenzenloses Schweigen trennt sie von der Stadt. Die Hecke spielt dabei keine Rolle. Die eigentliche Mauer ist ihr Schweigen. Elgass, der wußte, was Grenzen bedeuten, nannte sie manchmal »das unbekannte Land gegenüber«. Aber selbst Elgass, es ist wahr, selbst Elgass in seiner ganzen Gutmütigkeit konnte gegen ihr Schweigen nichts ausrichten.

Sie bückt sich zu Chielo hinunter, ohne mir die geringste Aufmerksamkeit zu schenken. Chielo ist im Zaun hängengeblieben. Ich tue so, als interessierte ich mich für seinen Mund, der voller Erde ist, für seine zitternden Glieder, für seinen blutenden Nacken, der sich im Stacheldraht verfangen hat. »Don't come here!« ruft sie den anderen zu, die die Geschehnisse vom Rand des Rasens aus verfolgen. Nach einem anstrengenden Kampf mit dem Zaun, wobei der Stacheldraht das Hemd des Jungen nur freigibt, um sich ihres Morgenmantels zu bemächtigen, seine trockene Haut nur losläßt, um sich in ihrem Haar festzuhaken, gelingt es ihr, den Jungen freizubekommen.

Rufe werden laut. Sie wendet den Kopf der Matrone zu, die aus dem Schlaftrakt kommt, gefolgt von einer ganzen

Schar kleiner Gespenster, die sich, voller Speichel, Rotz und Erbrochenem, schwankend und humpelnd fortschleppen. Sie versetzt Chielo einen Schlag mit dem Besen. Der ist ganz erschöpft, ganz eingefallen, ohne Saft und Kraft, möchte man sagen. Von seinem Gesicht sind nur noch zwei gelbe Löcher, ein paar Falten und entblößtes bläuliches Zahnfleisch übriggeblieben, was ihm, je nachdem, aus welchem Blickwinkel man ihn ansieht, den Anschein gibt, als würde er entweder lachen oder sterben. Nun fegt sie die Allee in umgekehrter Richtung; die Gnome folgen ihr in derselben Abfolge wie auf dem Hinweg. Auf halber Strecke bleibt sie kurz stehen, und ohne mich auch nur eines Blickes zu würdigen, begrüßt sie mich freundlich, aber lustlos mit ihrem inzwischen zum Ritual gewordenen »morning, Mister Badio«.

Laho ist noch immer nicht aus seiner Koje gekrochen, wir müssen aber doch zur Bar Hélène.

»Wir müssen zur Bar Hélène«, sage ich zum wiederholten Male, ohne sie aus den Augen zu lassen.

Das war's, Schluß für heute: Sie wird sie züchtigen, indem sie sie anfaucht. Ihre langen Beine werden sie zum Speisesaal tragen. Dann wird der scheußliche Schuppen, gieriger als ich, sie meinen Blicken entziehen. Wir müssen zur Bar Hélène, aber ich kann mich aus der Falle, in der ihr Glanz mich gefangenhält, nicht eher befreien, als bis sie die letzten Meter hinter sich gebracht hat, die sie noch vom Speisesaal trennen. Vielleicht sehe ich sie nie wieder! Es heißt, daß der Krieg vorbei sein soll. Wie soll ich die Stadt ertragen, wenn sie nicht mehr da ist?

Elgass, der sie, das steht fest, auch geliebt hat und der mir später seine Bude überließ – Elgass hatte mich, kaum daß ich hier angekommen war, auf sie aufmerksam gemacht: »Steh auf, los, sehen wir uns an, wie die Sonne aufgeht!«

Seitdem beobachte ich jeden Tag, den der Himmel werden läßt, wie das Gestirn, zwischen einer Liebesromanze und dem Gefühl des Überdrusses hin- und hergerissen, über der moosbewachsenen Mauer aufsteigt. So geht das nun schon seit etlichen Jahreszeiten. In sieben Jahren kann man Städte gründen, Schlachten gewinnen, seinen Garten bestellen, so viele Dinge können geschehen, nicht wahr?

Der Campus befindet sich jetzt an der Straße nach Akoïdo, auf der anderen Seite des Kanals. Elgass ist tot, und es heißt, daß der Krieg bald vorüber ist. Wir müssen zur Bar Hélène; Lahos Schnarchen stört mich in meinen Gedanken. Wenn sie, wie ich gerüchteweise hörte, nach Nigeria zurückkehrt, wie soll Mermoz ohne sie weiterleben? Was mich betrifft, so sehe ich die Stadt ausschließlich in dem Licht, in das ihre Ausstrahlung sie getaucht hat. Bidjan steht und fällt mit ihrer Anmut, lebt nur von ihren Geheimnissen.

Es stimmt, daß man hier nichts von der Stadt spürt. Die Vororte schießen wie Pilze aus dem Boden, blühen auf und veröden. Dann werden sie vom Wind fortgetragen und säen sich wie Sporen überall aus. Die Studentenwohnstadt Mermoz ist wie eine Baumschule angelegt worden: eine vielflächige Ansammlung von Fertigbauteilen, ein paar Bungalowreihen. Das war Anfang der sechziger Jahre, als man Unterbringungsmöglichkeiten brauchte für die Studenten der Universität, mit der die Stadt überstürzt, aber zu ihrer Freude bedacht worden war. Jedes Jahr aufs neue war alles überbelegt; ständig wurde angebaut. So entstanden der Campus 2.000 – der zwischen dem Kanal, dem Universitätskrankenhaus und der Straße nach Akoïdo das nächste Jahrtausend einläutet und dem der Dschungel, der sich bis an die Hörsäle herangefressen hat, die Zähne zeigt – sowie das Rote Viertel, so genannt wegen der zinnoberroten Türeinfassungen und des maoistischen Pöbels, der sich dort eingenistet hat. Mermoz ist nur noch eine Erinnerung an alte Zeiten, eine vor der Zeit verfallene Ruine, heimgesucht von Kindern aus Biafra und Flüchtlingen aus Guinea. Ein Hauch Nostalgie hält noch ein paar andere hier fest: zum Beispiel den Togolesen Polycarpe Dossou, den Voltanesen Sawadogo oder den Nigerianer Mamane. Die Ivorer, die wegen ihres Heimatrechts und des Privilegs, daß sie ein Stipendium erhalten, eine besondere Sorte Mäuse darstellen, haben andere Gründe. Konan Brou-Félix ist der Meinung, daß er seine 4x70iger Stereoanlage hier besser nutzen kann. Mémel-Foté, der verheiratet ist, glaubt, daß der Ort im Interesse seiner zukünftigen Kinder den Aufzugsschächten des Campus vorzuziehen ist.

Anfangs wohnten wir Guineer alle im Fertigbau Nr. 1, der sich den Campusweg hinzieht. Da bei uns Diktatur und Elend in vollster Blüte stehen, sind andere Landsbrüder wie Heuschreckenschwärme über uns hereingebrochen und haben die Engelchen bis an die Mauern der Marienschule zurückgedrängt. Schließlich überließ man uns alle Fertigbauten und die Bungalows neben der Böschung, und gegenüber der Nr. 8, in der sich die Bude befindet, die Elgass mir überließ, als er eines Tages – es war sein Unglückstag – auf den Campus ziehen konnte, wurde die Hecke angepflanzt. Auf der anderen Seite der Hecke wurden die Mauern der Bungalows eingerissen, um sie zu Schlafsälen umzubauen. Daraus ist ein ausgeklügeltes demographisches Gleichgewicht hervorgegangen – die neu ankommenden Engelchen füllen wie ein stetig fließender Strom die Reihen der Verstorbenen. Unsere Seite hier hat man ein für allemal den Ratten, dem Verfall und den Guineern preisgegeben, was, laut Elgass, mehr oder weniger auf dasselbe hinausläuft. Betrüger, Gauner, Roßtäuscher, falsche Akademiker haben sich dem kleinen Kreis der Studenten zugesellt. Sie übernachten unter der Veranda und in den Toiletten, an der Bar und in den Schlupfwinkeln des Aufenthaltsraumes. Abends gibt's viel Lärm, spitzfindige Diskussionen und heftige Auseinandersetzungen. Elgass hat es auf den Punkt gebracht: Das Exil hat uns entwurzelt, sagte er, wir haben nichts mehr gemeinsam als den Hunger, die Wut über unsere Hilflosigkeit und... die Nachbarschaft zu der Krankenschwester, von der wir alle besessen sind.

Sie ist immer noch nicht aus dem Speisesaal herausgekommen, und wir müssen zur Bar Hélène. Ekwefi hat vermutlich wieder einmal den armen Chielo gebissen, oder Tola hat eine Kanne mit heißem Zichorienkaffee über Papillons offene Wunden geschüttet. Sonntags hilft ihr nur die Matrone. Wie viele sind es? Wie viele abgemagerte kleine Beine, wie viele aufgedunsene Bäuche, wie viele Prothesen, wie viele Urinflaschen, wie viele Tote heute morgen? Und sie? Wie lange wird sie sie noch füttern, sie wieder zum Leben erwecken, bevor sie sich zum Bus begeben? Nein, der Bus ist noch nicht da. Der Leichenwagen kommt übrigens nur donnerstags – sie muß die Leichen selbst in die Turnhalle schleppen, denn die Totengräber erscheinen nur auf der Bildfläche, um ihre alte Mühle zu befrachten.

Der Bus kommt sicher gleich, aber, das ist beschlossene Sache, wir müssen zur Bar Hélène.

»Hörst du, Laho, wir müssen zur Bar Hélène!«

»Was sollen wir denn da, in deiner Bar Hélène?«

»Wie lange hast du bloß gepennt, daß du sogar das vergessen hast?«

»Meinst du, ich zähle die Stunden?«

»Los, steh auf!«

»Ja, ja, aber ich weiß immer noch nicht, was wir an einem Sonntagmorgen in der Bar Hélène wollen. *Sie* ist wohl schon weg, daß du mich so anfauchst?«

»Noch im Speisesaal. Sieht so aus, als sei der Krieg zu Ende. Was meinst du dazu, Laho?«

An alles ist gedacht. Morgens erteilt sie ihnen Unterricht, donnerstags beerdigt sie sie. Die Särge in der Turnhalle, die Schulbücher im Speisesaal. Der Rest ist einfach ein Versehen. Ein Versehen entsteht wie der Krieg aus einem Irrtum heraus, und der Krieg, so hat man es uns immer wieder vorgebetet, wird nur per Zufall ausgelöst. In den grausamen Landstrichen, wo man ohne den Segen der Vorfahren und ohne weise Sprüche ins Grab gestoßen wird, hätten sie auch von einem Lastwagen fallen können. Ebensogut hätten sie Kreide fressen oder Einbände annagen können. Ebensogut hätten sie in die Hose machen, einen Schluckauf bekommen und gleich auf dem Erdboden krepieren können.

»Hat sie dir guten Tag gesagt?«

»Ein bißchen. Wie immer, als sie die Allee fegte.«

»Manchmal glaube ich, daß ihr alte Freunde seid. War da nicht etwas mit der Bar Hélène?«

Wie macht sie es bloß, so schön zu bleiben? Um die Wahrheit zu sagen, nicht nur, daß sie schön bleibt, sie wird jeden Tag schöner. Ich stelle sie mir vor – zwischen den Tischreihen im Speisesaal, von stoischer Ruhe und strahlend. Amewoto hat sicher einen Kameraden vertrümmt, oder da, wo die Epileptiker sitzen, sind wieder welche gestorben. Ein oder zwei sind vielleicht erstickt, als sie ihren Becher Milch tranken. Essen stellt nunmehr die einzige Gefahr dar, der sie sich aussetzen können.

»Die Bar Hélène, habe ich etwa von der Bar Hélène gesprochen?«

»Ach ja, jetzt fällt es mir wieder ein. Morgen verläßt sie uns ja, unsere teure Idjatou. Wo hat sie bloß soviel Geld aufgetrieben, daß sie ins Land der Weißen fliegen kann?«

»Die Dusche!«

»Was?«

»Dreh den Hahn zu, man versteht ja kein Wort!«

»Ich sagte, daß Cé Né Gon und Habib wahrscheinlich schon von Adjamé aus losgefahren sind. Es wäre keine schlechte Idee, wenn sie daran dächten, einen Umweg bei uns vorbei zu machen.«

»Aber warum denn?«

»Um uns mitzunehmen, guter Gott! In Habibs alter Karre. Das ist fast schon ein Tick von dir, dich niemals daran zu erinnern, daß Habib sich eine alte Karre zugelegt hat.«

»Man ändert nur schwer seine Gewohnheiten. Ich sehe ihn immer noch vor mir, wie er hinten im Bus mit dem Kontrolleur Verstecken spielt.«

»Wo hinten?«

Sie trägt ein Bustier mit Wappenmuster und eine Pagne, die sie auf nigerianische Art umgebunden hat – das heißt hoch und den Saum des unteren und des oberen Tuches nicht in gleicher Höhe. Ihr sehr britischer Filzhut läßt die Hälfte ihrer krausen, zu einem Knäuel zusammengebundenen Haare frei. Selbst aus dieser Entfernung kann ich ihr Make-up erkennen: glattgezogene, mit Eyeliner geschwärzte Wimpern, blutrot angemalte Lippen – wie es die unter englischem Einfluß stehenden Afrikanerinnen eben zu tun pflegen. Die Schnallen ihrer Schuhe schließen sich über cremefarbene Netzstrümpfe. Strümpfe in der brütenden Tropenhitze – auch so eine Manie unserer »britischen Schwestern«! Sie steht jetzt am Fahrzeug, die Matrone am Eingang. Letztere sucht in der Gruppe herum und schnappt sich ein mickriges Kerlchen, das sie, eine Nummer rufend, Richtung Autobus schiebt. Die Krankenschwester nimmt das Dingsda in Empfang und wiederholt die Nummer. Dann übernimmt der Fahrer, der auf dem Trittbrett steht, die Lieferung, steigt in den Bus und setzt sie auf der Sitzbank ab. Twenty-nine... seventy... Zwischen zwei Regenschauern fühlen sich die Engelchen im siebten Himmel. Nichts macht ihnen soviel Freude wie der Sonntagsausflug. Um in den Genuß dieser Ferien zu kommen, geben sie sich beim Überleben die größte Mühe.

»Wenn Cé Né Gon und Habib uns nicht mitnehmen«, sagt Laho, »wie kommen wir dann zur Bar Hélène? Von Cocody bis nach Treichville ist es verdammt weit zu laufen, sag ich dir.«

»Komm lieber mal her! Das solltest du dir auf gar keinen Fall entgehen lassen.«

»Huuuui! In Festtagskluft!« sagt er, indem er sich den Oberkörper abtrocknet.

»Hör auf zu pfeifen, das mag sie nicht.«

»Wie willst du das wissen, mein Lieber? Verheimlichst du mir etwas, oder sagst du das nur, um mich zu ärgern?«

Dann geht er ins Zimmer und kommt mit einem Netz voller Gegenstände zurück, die in Zeitungspapier eingewickelt sind.

»Die Geschenke für Idjatou«, sagt er.

»Ach, jetzt fällt es mir wieder ein. Die Clique hat dir ja diese unangenehme Aufgabe anvertraut. Was hast du denn gekauft?«

»Tuareg-Schmuck. Wenn ihr der nicht gefällt, kann sie ihn immer noch verscherbeln, falls sie mal knapp bei Kasse ist. Wie es scheint, sind sie da drüben ganz verrückt nach unserem guten alten Trödel. Wir müssen zur Bar Hélène, es fängt gleich wieder an zu regnen.«

»Wunderbar, bei diesem Wetter nach Treichville!«

»Wenn wir mit den Bus führen, müßten wir bezahlen. Oder uns zum Schwarzfahren entschließen.«

»In unserem Alter! Ich habe immer geglaubt, du wärst ehrlich.«

»Gestern war ich im Bracodi… Laß uns Diallo einen Besuch abstatten.«

»Dann aber dem Diallo aus dem Roten Viertel. Dem vom Ambassade schulden wir schon zehntausend.«

»Beeilen wir uns, sonst besteht die Gefahr, daß Tiobendo und Arsiké vor uns da sind, obwohl die doch aus Yopougon kommen, und was soll Idjatou dann von uns denken? Mußt du eigentlich deine Aktentasche mitnehmen, wenn du nur zum Amüsement in die Stadt willst?«

»Ich darf daran erinnern, daß ich morgen eine Prüfung habe.«

Meine Gedanken sind mit ihr unterwegs, dort, im Autobus, der jetzt in Richtung Zoo von Bingerville oder Banco-Park schaukelt. Es wird bald wieder regnen, wir müssen zur Bar Hélène. Aber wir bleiben wie gebannt an der Brüstung stehen. Die Reihe Akazien wiegt sich sanft im Wind, auf dem Hof geht ein neuer Regenguß nieder. Zwischen zwei Augenaufschlägen flimmert noch ihr Bild, bevor es sich zum Speisesaal hin gänzlich verflüchtigt. Nun haben wir hier aber nichts mehr verloren, wir müssen zur Bar Hélène. Idjatou ist die Sanftmut in Person, aber sie hat so ihre Prinzipien.

Sich vorzustellen, daß Mermoz bis vor kurzem das Ende der Welt darstellte. Nachts konnte man Paviane, Agutis[1] und Wildschweine hören. Die Stadt muß sich sogar heute noch anstrengen, bis hierher vorzudringen. Die Bungalows auf der anderen Straßenseite sind größtenteils noch im Bau, sie haben keinen Garten, ein improvisierter Zaun versperrt den Zugang. Sie schwimmen in der Baustelle wie Brotbrocken in der Suppe. Als Verlängerung der Avenue Jean-Mermoz ist die Marienstraße im Moment die einzige

1 Nagetierart

Straße, die irgendwohin führt. Unvorstellbar, daß es nicht einmal eine Buslinie gibt! Um zum Campus zu gelangen, muß man sich durch das Gestrüpp der Böschung kämpfen und den Kanal sowie zwei sumpfige Inselchen überqueren. In die Stadt zu kommen ist nicht einfacher: Man muß bis zur Haltestelle der Buslinie 8 auf dem Boulevard André Latrille laufen, zwei Schritte vom Roten Viertel entfernt. Um es bis dahin zu schaffen, muß man Baustellenmatsch und Wege in Kauf nehmen, die nur auf dem Reißbrett existieren.

Wir überqueren die Marienstraße und springen über die stinkende Abflußrinne. Wir gehen am Schuppen entlang und durch den Schlamm auf der Guavenstraße um den Baukran herum.

»Laß uns beim Samurai vorbeigehen!«

»Bist du verrückt, Laho! Den Weg dahin überleben bei diesem Regen weder unsere Schuhe noch wir selbst!«

»Deine Faulheit kommt uns teuer zu stehen. Der Samurai hat ein großes Herz, und er ist immer flüssig.«

Der Samurai wohnt in einer Art großem Austernkorb, der mit Wellblechstücken und Resten alter Matten geflickt ist. Der Regen geht durch und wütet drinnen wie die Polizei. Mit Gottes Hilfe hält das Ding am Rand einer Grube aus, wo Lehmziegel hergestellt werden.

»Ist der Samurai zu Hause?« fragt mein Freund.

»Ach, der ist ausgegangen«, antwortet seine Frau, die damit beschäftigt ist, an dem einzigen trockenen Ort in der ganzen Gegend Hirse zu stampfen. »Seht mal beim Libanesen im Supermarkt nebenan nach. Was wollt ihr denn von ihm, ihr Unabhängigen, und ist es heutzutage nicht mehr üblich zu grüßen?«

»Entschuldige, Adélaïde. Der Regen im alten Bidjan schwemmt alles weg, selbst die guten Manieren. Hat er heute morgen etwas in der Tasche, der Samurai?«

»In fünfundzwanzig Jahren Ehe habe ich noch kein einziges Mal erfahren, was er verdient. Um die Kleinen durchzubringen, verkaufe ich Attiéké[1] auf dem Markt. Wenn er mir mitteilt, was er tut, ist das, als würde er mir eine Gunst gewähren. Geht beim Libanesen vorbei, oder wollt ihr, daß ich euch ein Dolo[2] anbiete?«

»Nein danke, Adélaïde«, – und indem ich das sage, erinnere ich mich an Arsikés denkwürdigen Sturz in die Lehmgrube eines Nachts, als der Samurai uns mit zu sich nach Hause geschleppt hatte, um Dolo aus Ouagadougou zu trinken. »Adieu, Adélaïde.«

Als wir von der Baustelle weggehen, entdeckt Laho, daß er noch 50 hat. Wir genehmigen uns also auf dem Bürgersteig der Booker-Washington-Straße beim Haussa einen Ingwersaft. Der Regen meint es wirklich ernst. Vielleicht gibt uns der Samurai in der Fleischwarenabteilung des Libanesen ein Bier aus oder zwei – wir müssen uns ja irgendwo unterstellen –, und wenn das Glück auf unserer Seite ist, bietet er uns sogar noch etwas von der köstlichen Salami an, die nur ein Orientale so machen kann...

Der Samurai ist nicht allein, sondern in Gesellschaft anderer Baustellenwächter, von Hausdienern und Gärtnern, seinen »Scheißbrüdern«, wie er sie nennt. In der Regel sind hier alle aus Obervolta, Mossi, stolze Anhänger des Dolo und, des äußeren Anscheins wegen, mit einem langen Buschmesser bewaffnet. Der Samurai verdankt seinen Namen der Tatsache, daß er einmal einem Dieb, den er in der Nähe der Lehmgrube erwischte, ein Ohr abgeschlagen hat.

»Kogoto! Sieh mal einer an! Die Unabhängigen, und noch dazu an einem Sonntagmorgen! Wie gehen die Geschäfte hier im Lande Bidjan?«

1 typisches westafrikanisches Maniokgericht
2 Hirsebier

»Und wie geht's dir, Samurai, der du fortgehst, ohne eine Adresse zu hinterlassen?«

»Aha, ihr habt die Beraterin getroffen. Welche weiteren Verleumdungen hat sie auf meine Kosten in die Welt gesetzt?«

Sie haben sich nicht weit der Abteilung »Kül und Frisch« – wie ein fehlerhaftes Schild auf dem Kühlschrank anzeigt – niedergelassen, vor sich eine stolze Reihe Weinflaschen der Marke Valpierre.

»Na, hast du heute morgen etwas in der Tasche, Samurai? Kannst du uns einen spendieren?«

»Ihr kennt doch euren Samurai und seinen Lohn: wie gewonnen, so zerronnen. Aber wir boxen uns schon durch. Ihr dagegen, ihr trinkt ja nur Bier! Ein Gesöff, das nur zum Pinkeln taugt! Wenn der Regen dir das Herz erweicht, dann braucht, wer ein Mann ist, Wein, und zwar so!« Er leert ein volles Glas Valpierre, atmet tief durch und stellt das Glas mit einem lauten Knall wieder hin. »Kommt, ich spendiere euch zwei Bier. Danach, werdet ihr sehen, sieht die Welt schon anders aus. Aber beeilt euch, ich muß gleich gehen.«

»Gehst du noch immer angeln, Samurai?«

»Still! Sagt keinem was davon, vor allem nicht der Beraterin!«

»Wohin soll's denn heute gehen, Samurai?«

»Zur Lagune von Port-Bouët. Wißt ihr«, er zieht uns zu sich heran, als wollte er uns eine geheime Botschaft anvertrauen, »mit den ersten Regenfällen sinkt die Temperatur ein bißchen; dann verlassen sie die offenen Gewässer und ziehen durch die Seitenarme. Mit einer guten Angelschnur aus Maultierhaar und Raupen aus Guinea als Köder, Jungs... und wenn du Geduld hast und es dein Glückstag ist, hmmm... ich kann gar nicht alles aufzählen: Seezungen, Rotzungen, Barsche... Ihr werdet's mir nicht glauben, aber ich habe dort schon Seeschlangen geangelt. Jawohl, mein Herr, Seeschlangen«, wiederholt er, an den Gärtner der Bürgermeisterei von Cocody gerichtet, der ihm nicht zu glauben scheint.

»Es ist Wahnsinn, Seeschlangen zu angeln«, sagt Pacère, der Hausdiener des Arztes im Postviertel. »So ein Gewürm hat etwas von einem Unglücksbringer.«

»Da irrst du dich aber gewaltig, mein Bruder«, antwortet der Samurai und schlenkert mit den Knien, »so ein Gewürm hat nur Schuppen.«

Der Libanese hört für einen Augenblick auf, zwischen der Lebensmittelabteilung und der Ecke mit den Back- und Fleischwaren hin- und herzurennen, um uns zu fragen, was wir trinken wollen.

»Zwei Bier für die beiden, ich zahle!«

»Das ist aber nett, Bruder Samurai. In den nächsten Tagen revanchieren wir uns im Ambassade, es sei denn, dir ist das Bracodi lieber.«

»Was gibt's da für einen Unterschied zwischen dem Ambassade und dem Bracodi? Wie lange kennen wir uns eigentlich schon, ihr Unabhängigen?«

»Oho, Bruder Samurai, schon sehr lange.«

»Na also. Seht ihr, Jungs, die Zeit schlägt zwei Fliegen mit einer Klappe: Sie schwächt unsere Körper und festigt die Freundschaft. Hab ich nicht recht?«

Dann Lärm, Gewühl, kluge Sprüche, unvermutete Gesten, eilige und ulkige Gefühlsausbrüche, wissende und alberne Witze, Witze wie Sauerampfer und Honig, Witze nach Bidjaner Art. Dann wendet sich der Samurai dem Libanesen zu, der damit beschäftigt ist, seinen zwischen den Regalen und den Kassen am Eingang ausliegenden Safran, seine Oliven und Kerzen zu verkaufen. »Libanese, gib ihnen noch zwei Bier! Heute habe ich das Sagen, morgen sind sie dran. Nur daß ich in deinem Kramladen das Sagen habe, sie aber in feinen Büros sitzen werden. Sieh sie dir gut an, Libanese, jeder von ihnen wird wenigstens amtlich vereidigter Verleiher.«

»Amtlich vereidigter Versteigerer«, sagt der Libanese, indem er Silbe für Silbe betont.

»Ist mir auch egal. Bediene sie! Sie haben noch eine Zukunft, dafür haben sie schließlich studiert, und du, du hast nur deinen Kraut- und Rübenladen.«

»Von dir ganz zu schweigen, Samurai!«

»Meine Zukunft liegt hinter mir. Vor mir habe ich das Glas und links und rechts nichts, absolut nichts. Das nennt man etwas wagen und Furore machen. Bediene sie also, und setz alles auf den Dieb!«

»Oho, Samurai! Wer ist denn hier der Dieb: mein Anschreibbuch oder du, der du nie zahlst?«

»Ich habe heute morgen bezahlt.«

»Davon habe ich nichts gemerkt.«

»Du merkst dir nur, was man dir schuldet. Du bist schlimmer als das Leichenschauhaus, Libanese. Je mehr du hast, desto mehr willst du. Nie trinkst du was, nie gibst du einen aus. Was ist das für ein Leben? Und das liebe Geld, was ist das denn letztlich?«

»Gar nichts, Samurai, nur ein paar Fetzen Papier, die Probleme schaffen. Wenn du noch welche hast, gib sie mir schnell, damit ich dich davon befreien kann. Ich will nur dein Bestes, Samurai.«

Er geht zum Regal mit den Zigaretten, wo in der Nähe ein Kunde wartet. Der Samurai leert zwei große Gläser Valpierre. Er schnalzt heftig mit der Zunge und wendet sich wieder uns zu: »Die Kleine habe ich schon ziemlich lange nicht mehr gesehen.«

»Idjatou? Die fliegt morgen nach Brüssel.«

»Nach Brüssel? Donnerwetter! Hat sie das große Los gezogen?«

»Sie hat ein Stipendium. Sie wird dort studieren.«

»Immer die Freundlichkeit in Person. Meinen Segen hat sie. Das wundert mich nicht die Bohne; den Seinen gibt's der Herr im Schlaf. Ihr wißt doch, was für ein gutes Herz sie hat und wie ihr Bruder war.«

»Ja sicher, Samurai, so einen wie Elgass gibt's nicht noch mal. Wir trauern alle um ihn.«

»Das war ein Heiliger! Was hat er nicht alles für mich getan, was nicht für Adélaïde, für die Kinder und für dich, Laho! Und für dich erst, Badio! Aber, Gott ist mein Zeuge, du bist ja nicht undankbar: Du hast dich um die Kleine gekümmert, als wäre sie deine eigene Schwester, und das gehört sich auch so für einen Neger. Aus eben diesem Grunde hat Bidjan seine Seele verloren, weil die Leute sich nicht mehr um ihre Freunde kümmern. Tja, ohne Elgass hätte hier niemand überlebt.«

Der Samurai begleitet uns noch ein gutes Stück Wegs, um, wie man so sagt, das Gespräch ausklingen zu lassen. Als wir den Laden verlassen, schnappt er sich zwei Pistazien und sagt kauend: »Du meine Güte, Brüssel! He, Libanese, du kennst dich doch aus, sag mir ein für allemal: Wie ist die richtige Bezeichnung für ›amtlich vereidigte Verleiherin‹?«

Unterwegs kommen wir an Marabut, dem Hund, vorbei, der vor dem Gewächshaus liegt, das zu dem Gemüsegarten neben dem Wohnblock 421 gehört. Diesen Hund kennt jeder. Er gehört zur Landschaft genauso wie die Filaos an der Küstenstraße. Seinen Namen haben ihm wahrscheinlich irgendwelche Kinder gegeben wegen seines Zottelfells, das ihm wie der Turban eines Beduinen über die Augen rutscht.

»Du Nichtsnutz von einem Tier, du jämmerlicher Vertreter deiner Gattung«, sagt der Samurai und wirft eine alte

Blechdose nach ihm. »Du kannst nicht laufen, du kannst nicht bellen, du kannst nicht beißen. Du schnappst nicht einmal nach Luft! Wie lange treibst du dich überhaupt schon hier in den Straßengräben herum? Ich verabscheue dich! Auf Wiedersehen, Jungs, ich verabscheue ihn. Für einen Hund kommt er mir zu sonderbar vor. Ich hasse diesen Hund, da hilft alles nichts.«

Ohne ein weiteres Wort zu verlieren, entfernt er sich eiligen Schrittes.

»Aber was ist denn los, Samurai?«

»Kinder, das ist alles, was ich euch sagen wollte. Bis bald im Ambassade oder, wenn es euch lieber ist, im Bracodi...«

»Welche Laus ist dem denn über die Leber gelaufen?«

»Ach, mein Junge«, sagt Laho, »so ein Regen wie im alten Bidjan, der weicht alles auf, selbst das Gehirn.«

Jetzt müssen wir uns aber tausend und eine Möglichkeit einfallen lassen, wie wir Diallo anpumpen (nicht den vom Ambassade, sondern den aus dem Roten Viertel). Zu diesem Zweck drehen wir ein paar Runden zwischen dem Boulevard de France, der Papayastraße, der Avenue Jean-Mermoz und dem Restaurant der Togolesin.

»Es reicht eigentlich«, sagt Laho zu mir, » wenn wir ihn davon überzeugen können, daß wir dieses Mal unser Gehalt ausgezahlt bekommen. Schließlich ist Monatsende.«

»Das zieht nicht mehr, er hat kapiert, daß wir an unserer Schule zum Nulltarif unterrichten.«

»Wer weiß, anscheinend haben sie an der Ajavon-Schule, an der Sacré-Coeur-Schule und an der La-Fontaine-Schule bezahlt.«

»Typisch, nur am Victor-Hugo bleibt alles beim alten. Letzten Donnerstag hat mir Assémian, der Buchhalter, gesagt, daß vor Montag in einer Woche nichts drin ist.«

»Wie wär's, wenn du ihm sagst, daß du einen Scheck von deinem Onkel in Kanada erhalten hast? Letztes Jahr hat das hundertprozentig geklappt.«

»Dieses Jahr bin ich skeptisch.«

»Gut, sei von mir aus skeptisch, aber dann bleibt uns nichts anderes übrig als schwarzzufahren. Fragt sich nur, wie wir morgen zurückkommen... Du glaubst doch wohl nicht, daß wir Idjatou am Abend vor ihrem Abflug noch anpumpen können!«

Diallo – der aus dem Roten Viertel – war einer der ersten Guineer, der nach Bidjan kam, um in einem aufklappbaren Möbel, das ihm als Auslage diente, Kaugummi und Zigaretten zu verkaufen. Von Vridi bis nach Williamsville kennt ihn inzwischen jeder, und zwar so gut, daß sein Familienname populär und zur Bezeichnung für seinen ganzen Berufsstand wurde. Er hat seinen Verkaufsstand an der Freitreppe des Gebäudes gegenüber der Bushaltestelle. Durchtrieben wie ein Rebhuhn, mißtrauisch wie ein Chamäleon! Wir wissen, daß er unseren Lügengeschichten nur dann glaubt, wenn er uns sowieso schon aus der Klemme helfen will. Als wir bei ihm anlangen, kauft Laho, wie wir abgesprochen haben, Zigaretten, das Kleingeld hinstreckend, das der Haussa ihm herausgegeben hat: »Heute keine Job-Zigaretten, Diallo, gib mir ein paar Golden Club.«

»Sieh mal an, Monsieur Laho, und seine Taschen werden von Tag zu Tag größer. Kauf doch endlich mal ein ganzes Paket.«

»Wäre dir das wirklich recht?«

»Mir ist alles recht, vorausgesetzt, die Kunden zahlen.«

»Ich möchte nicht versäumen, darauf hinzuweisen, daß ich zahle, was ich dir schulde... morgen.«

»Wo unterrichtest du denn?«

»Am Victor-Hugo.«

»Das Victor-Hugo hat euch seit fast acht Monaten nicht mehr bezahlt. Ich sehe keinerlei Grund, warum es euch jetzt bezahlen sollte, bloß weil du bei mir Zigaretten ausgeborgt hast.«

»Nun schießt du aber übers Ziel hinaus, Diallo!«

»Eins verstehe ich nicht: Das Ajavon, das La Fontaine, ja sogar das ENI hat schließlich gezahlt; eure Schule muß also ein ziemlich mieser Laden sein. Warum wechselt ihr nicht die Stelle?«

»Diallo«, sage ich, »ich habe einen Scheck bekommen.«

»Oh, wenn du einen Scheck bekommen hast, ist es etwas anderes. Laß mal sehen!«

»Ich habe ihn zur Bank gebracht.«

»Du hast ihn zur Bank gebracht, und sie haben dir das Geld nicht ausgezahlt?«

»Spiel nicht den Dummen, Diallo. Der Scheck ist von meinem Onkel in Kanada. Im letzten Jahr habe ich auch einen bekommen, erinnerst du dich nicht mehr? Die Bank hat ihn mir erst eine Woche später gutgeschrieben. Du hast mir das Geld vorgestreckt, und ich habe dir dann alles wiedergegeben, nicht wahr?«

»Offen gestanden, es gibt Dinge, die werden mir immer ein Rätsel bleiben. Der will Zigaretten, und du, du willst Geld; warum habt ihr das nicht gleich gesagt? Was das Geld angeht, na gut, welche Summe willst du denn?«

»Zehntausend...«

»Da muß ich erstmal nachsehen, wieviel ich in meiner Tasche habe. Dreht euch um.«

Wir tun, als gehorchten wir, und sehen ihm zu, wie er den alten, ach so begehrten Sportbeutel aufknotet.

»Ich fürchte, soviel Geld habe ich nicht. Kommt morgen wieder.«

»Hast du denn neuntausend?«

»Neuntausend, neuntausend... wenn ich richtig zählen kann, komme ich auch auf diese Summe nicht. Wie ihr wißt, erhalten zur Zeit weder die Studenten noch die Beamten ihr Geld, und mache ich ohne Studenten und Beamte...«

»Achttausend, Diallo, und du bist mich los.«

»Achttausend in Zeiten wie heutzutage... Ich finde nur fünftausend. Wißt ihr, mein Beutel hat die Angewohnheit, sich für nichts und wieder nichts aufzublähen, nur, um meinen Ruf zu ruinieren. Hier, Badio, nimm die fünftausend und gib sie mir Montag nächster Woche wieder, ohne daß ich dich daran erinnern muß... Bin ich sehr indiskret, wenn ich frage, warum euch an einem Sonntagmorgen ein so dringendes Verlangen nach Geld überkommt?«

»Wem man Geld schuldet, dem schuldet man auch Aufrichtigkeit«, sagt Laho. »Also: Idjatou fliegt morgen nach Brüssel, sie hat ein Stipendium, sie wird dort studieren. Da geben wir ihr eine kleine Abschiedsfete in der Bar Hélène, der Kneipe von Tantie Akissi.«

»Idjatou, die kleine Idjatou, die Schwester von Elgass? Nicht möglich! Möge ihr auf ihrem Weg viel Erfolg beschieden sein, *ya Allah ya rabbi*!«

»Möge Gott so denken wie du, Diallo!«

»Da wir gerade von Idjatou sprechen, mir kommt da in der Stadt so einiges zu Ohren. Wie ich höre, hatte ihr Bruder Elgass einen Sassa.«

»Ja, das wird erzählt.«

»Zu meiner Zeit hatte jeder junge Mann, der auf sich hielt, einen Sassa. Aber ich habe schon seit vielen Jahren keinen mehr gesehen.«

»Die Zeiten ändern sich, Diallo.«

»Was ist aus diesem Sassa geworden?«

»Niemand hat ihn je gesehen, und du weißt, wie die Leute sind, Diallo: Je weniger sie gesehen haben, desto mehr reden sie darüber.«

»Das habe ich mir auch schon gesagt.«

Unterdessen erscheint Polycarpe Dossou, um seine Zigarettenvorräte aufzufüllen. »Hallo, ihr Unabhängigen!« sagt er. »Habt ihr sie heute morgen gesehen? Nächstens wird sie sich noch in ein Abendkleid werfen, um ihre sterblichen Hüllen in die Turnhalle zu schleppen. Eine Schönheitskönigin unter lauter Monstern! Wie geht's euch denn so nach dieser Episode?«

»Vom Regen und der Ebbe in der Kasse mal abgesehen...«

»Alles in Ordnung also! Kommt mit mir ins Mao, wir spielen eine Partie Tischfußball.«

»Danke, Polycarpe Dossou, aber das geht nicht. Da kommt der Bus, wir müssen zur Bar Hélène!«

Der Bus passiert die Kreuzung Deux-Plateaux und fährt nun, längs des Grünstreifens auf der einen und den mit Reliefs verzierten Fassaden der Wohnstadt der Künste auf der anderen Straßenseite, auf uns zu.

»Wir sollten lieber schwarzfahren«, sagt Laho.

»Dafür hätten wir Diallo nicht in die Zange nehmen müssen!«

»Also, wir rühren den Schein jetzt nicht an. Dann können wir, bevor wir unsere Besorgungen für heute abend erledigen, an der Straße Nr. 12 noch etwas Attiéké essen und ein Bier im ›Chez Sophie‹ trinken. Wenn wir sparsam sind, bleibt sogar noch ein bißchen Geld übrig. Für die nächste Woche schwant mir nichts Gutes. Ich habe nachgerechnet: Unsere Mensabons reichen nicht mal bis Donnerstag, und Polycarpe Dossou läßt sich auch nicht mehr ausnehmen. Und was unsere Landsbrüder angeht, die ihr Gehalt bekommen haben, so leistet ihr Geld keinen Vormittag lang den Schulden, in denen sie bis zum Hals stecken, Widerstand. An Konan Brou-Félix und Firmin Mémel-Foté brauchen wir erst recht keinen Gedanken zu verschwenden, die drehen uns zur Essenszeit den Rücken zu.«

»Wo denkst du hin! Tantie Akissi wird uns mit Freuden ein Attiéké servieren, einen ganzen Topf voll, wenn wir wollen. Und dann, das weißt du sehr gut, wird sich Idjatou die Gelegenheit nicht entgehen lassen, uns zum Essen und Trinken ins ›American Express‹ einzuladen. Was für ein Glück, daß ich ihr die Stelle als Hostess im Hotel Tiama besorgen konnte!«

»Du oder der Oberst?«

»Der oder ich, was spielt das schon für eine Rolle?«

»In einem Hotel arbeiten, gut und schön, das ersetzt aber niemals die zweihunderttausend...«

»An die zweihunderttausend habe ich neulich auch gedacht...«

Um dem arroganten und mißbilligenden Blick des Fahrers auszuweichen, steigen wir durch die hintere Tür in den Bus ein.

»Hätten wir doch auf den nächsten gewartet! Du siehst ja, daß wir hier wie Sardinen in der Büchse zusammengedrängt stehen.«

»Sonntags ist es noch schlimmer als sonst. Man könnte glauben, die Leute hielten den Bus für eine Sommerfrische.«

Schließlich schaffen wir es, uns zwischen den Gorgui[1], einen Amulettverkäufer, und den Büroangestellten in Krawatte zu zwängen. Die Diola-Händlerin, eine Schüssel Gebäck und ein Paket mit Gewürzen zwischen ihren Füßen, hat auf dem Notsitz Platz genommen, ebenso der Dago[2] mit der Tonpfeife und das Mädchen, das eine Perücke und eine Brille trägt. Wie Karatekämpfer aussehende Fußballfans, die zum Stadion Houphouët-Boigny unterwegs sind,

1 ivorischer Ausdruck für Leute aus Senegal
2 Held eines bekannten ivorischen Comics, zum Synomym geworden für einen Menschen vom Lande, den es in die Stadt verschlagen hat

um sich das Spiel Asec gegen Africa anzusehen, lehnen sich gegen die Seitenfenster. Die Mädchen flüstern miteinander, und die Jungen teilen sich eine Flasche Bier.

»Scheiße!« sagt Laho und versucht, sich zu mir umzudrehen. »Sieh nur, da vorn, neben dem Halteknopf. Line Fologo!«

»Die Kleine aus der 4 A? Damit hat sich die Angelegenheit erledigt. Unmöglich, daß wir den Kontrolleuren entwischen, die Fahrt dauert zu lange. Sie kommen garantiert noch vor Treichville. Laß uns sofort aussteigen! Ich kann das vor jedem x-beliebigen wegstecken, aber nicht vor der kleinen Line Fologo.«

»Weil du ihr in den Ferien Nachhilfeunterricht erteilst? Da genierst du dich vor der falschen, sie dürfte über deine letzte Heldentat auf dem laufenden sein.«

»Los, steigen wir aus!«

»Warte wenigstens, bis wir hinter Blokosso sind. Normalerweise steigen sie nicht vor dem Verteiler von Indiéné ein.«

»Wir sind noch auf dem Boulevard Latrille. Ich merke, wie mir der Angstschweiß ausbricht, und mir kommen Zweifel an meinem Durchhaltevermögen.«

Beim Einbiegen in die Jacques-Aka-Straße fährt der Bus gegen den Bürgersteig, und es fehlt nicht viel, daß er umkippt. Aus der Schüssel der Diola geht ein Teil des Inhalts verloren, und der Abgebrühteste von den Fans, der aussieht, als sei er der Anführer, fliegt gegen den Fahrkartenschalter, wobei sein Mützenschirm aus Plastik zu Bruch geht.

»Sonntagsfahrer!« brüllt er dem Fahrer in einer Lautstärke entgegen, die den übrigen Lärm übertönt.

»Wer, ich, ein Sonntagsfahrer?«

»Genau du, du Verbrecher!«

»Verleumder!«

»Du bist ja völlig verkalkt!«

»Was hast du da gesagt?«

Die Beleidigung reißt den Fahrer von seinem Sitz hoch. Der Bus gerät ins Schleudern, streift den Weg, der mitten durch die Rasenanlage zum Bowling des Hotels Ivoire führt. Mit Hilfe einiger angestrengter Manöver ist es dem Fahrer am Ortseingang von Blokosso gelungen, das Fahrzeug wieder in die Senkrechte zu bringen. Er mißhandelt das Lenkrad und redet während der ganzen Fahrt durch das Kaff mit sich selbst: »Frecher kleiner Bete[1], nimm dich bloß in acht! Ich sehe vielleicht anfällig und schwächlich aus, aber ich habe einen Gürtel, und der ist viel schwärzer als deine Wüstenluchsschnauze. Wenn ich dich zu fassen kriege, fliegst du über die Lagune, und dann erkennt dich deine eigene Mutter nicht wieder. Aufgeputzter Herumtreiber! Sag schon, wo hast du die Hose geklaut, die du da trägst?«

»Gib's auf, Jo«, sagt ein anderer Fan, seinem Kollegen auf die Schulter klopfend. »Der Typ, den du da vor dir siehst, ist ja nur ein Yakuba. Vor gar nicht allzulanger Zeit hat man in seinem Stamm die Mitmenschen noch aufgefressen. Aber im alten Bidjan ist kein Ding unmöglich: Man hat ihn hinters Steuer gesetzt, obwohl er doch nur Maniok pflanzen kann!«

»Misch dich hier nicht ein, du Grünschnabel!«, faucht der Fahrer. »Werde erst mal trocken hinter den Ohren, bevor du mit mir redest. Gleich werden wir ja sehen, ob ihr überhaupt Fahrkarten habt. Ihr glaubt wohl, daß euer Vater diesen Bus hier gebaut hat! Wo hätte man jemals einen Neger so etwas fertigbringen sehen? Ihr Strolche von Bromakoto!«

1 Ethnie, die im Südosten der Elfenbeinküste lebt und als aufmüpfig und kratzbürstig gilt

»Idiot!« sagt der Anführer der Fans.

Der Fahrer kramt in seiner Tasche und zieht ein Diplom hervor, während wir auf das Hotel Ivoire zufahren. »Meint ihr, daß man das Abschlußzeugnis von seiner Mutter überreicht bekommt? Wer sich nicht benehmen kann, sollte besser zu Fuß gehen. Wir sind hier nicht im Dorf.«

»Gut gesagt, Bruder«, pflichtet ihm der Schaffner bei, der die Tür seines Verschlages aber vorsichtshalber verriegelt hat.

»Mein Vater hat einen Honda. Wenn heute nicht Sonntag wäre, wäre ich nie und nimmer in deine Müllkutsche eingestiegen.«

»Ein klappriger Honda, was ist das schon! Nicht mal ein Hilfsarbeiter fährt heute einen Honda!«

Zwischen Blokosso und dem Hotel Ivoire verläuft die Straße schnurgerade, und an beiden Straßenseiten ist freies Gelände. Man kann die Lagune sehen und weit über das Meer, bis hin zum grauen Horizont. Rings um die Lagune, von den Tälern des Banco bis sehr weit in den Golf von Bassam hinein, streckt der Großstadtdschungel seine Viertel und Umgehungsstraßen aus. Bidjan ist zu früh auf die Welt gekommen, ein x-beliebiges, unerwünschtes Kind, eine Zangengeburt, Frucht der Liebeleien zwischen Wasser und Land. In seinem kolonialen Plunder, wo alles käuflich ist wie in einem luxuriösen Bordell, wäre Treichville, die feuchtheiße, auf der anderen Seite der Lagune, zwischen Marcory und Vridi, gelegene Landzunge, dessen erstgeborenes Organ. Im Norden, zwischen der Seifenfabrik Blohorn und dem Fischereihafen Attiékoubé, liegt Adjamé, mit seinen Fischräuchereien und Clans, seinem Völkergemisch und Häusergewirr, vom Unglück des Fortschritts bedroht, ein Dorf inmitten des Dickichts der Stadt. Im Mittelpunkt, aber hochmütig und aufgedonnert, neidischen

Blicken ausgesetzt, der Stadtteil Plateau: Reihen gleichförmiger Gebäude, wie Blätterteig aussehende Häuser, Türme wie Pyramiden, die alle ihre unheimlichen Spiegelbilder – Reptilien, Riesenpflanzen und Termitenhügel – in die Lagune werfen. Tantie Akissi hat recht: »Die Stadt ist die reine Zumutung«, nichtsdestoweniger überwältigend und unumgänglich; eine Zumutung, die, wie es heißt, der berühmten Kraftprobe zwischen Meer und Wald entsprungen ist. Eine Stadt des Leids, eine Stadt der Liebe, eine Stadt des Kakaos, eine Stadt, errichtet auf Trugbildern und Bitterkeit. Das alte Bidjan gehört zu der Sorte Unglück, dem man nicht mehr entkommt, wenn man einmal von den seltenen Früchten gekostet hat, die seinen Kapriolen entspringen.

Der Bus hat seine Fahrgäste in die Bruchbuden von Blokosso ausschwärmen lassen, den Fischereihafen gestreift, einige Schildkröten- und Schneckenverkäuferinnen aufgelesen, ist den östlichen Arm der Lagune entlanggefahren. Oh nein, das Fenster lassen wir am besten geschlossen, die Luft im Bus verströmt geradezu einen Wohlgeruch – verglichen mit den Gerüchen der Lagune. Sie duftet nach allem, was auf den Märkten der umliegenden Dörfer angeboten wird: gegrillten Insekten, getrocknetem Wildfleisch, Sumbara und rotem Piment, Raphia-Bier, scharfen, violettroten Harzdrops. Verständlich wird nun auch, warum die Busse sonntags voller sind als an anderen Tagen. In einen Leinenanzug gekleidet, führen Honoratioren von Anono ihre Familie zum Kirchgang aus. Schüler reißen sich Arme und Beine aus, um im Plaza den Film der Woche zu sehen und danach auf der Terrasse des Calao ein Kokosnußeis zu essen. Fliegende Händler streifen durch die Viertel, um den Grotos[1] ihren Krimskrams und ihre Dienste anzubieten.

1 die Reichen

Wäscher sitzen in unmittelbarer Nachbarschaft der Verkäufer von Pillen und Pulvern. Dicht nebeneinander halten Hausierer Spiegel und Cola und Straßenhändler alte Bücher feil. Reifenflicker, ambulante Friseure, Zuhälter, Radaubrüder, Fußballfans, Bettler, Schnürsenkelverkäufer, auf Wori, klingende Münze, und anzügliche Sprüche erpichte Marktschreier...

Achtung, der Anführer der Fans gibt sich noch nicht geschlagen: »Jedenfalls werden Leute von deiner Spezies nie und nimmer in den Besitz eines Honda kommen. Ein Honda, da weißt du ja noch nicht mal, was das ist, du Raupenfresser! Hast du überhaupt einen Führerschein? Wenn nicht, dann geh schleunigst in dein Dorf zurück, Bidjan ist ein paar Nummern zu groß für dich.«

»Ich war schon in Bidjan, da warst du noch gar nicht geboren, du Fötus!«

»Fetischist!«

»Falsifikat! Du gebrauchst Ausdrücke, ohne zu wissen, was sie bedeuten. Gib auf, Falstaff!«

»Fuligula! Ich sollte die Bedeutung der Ausdrücke nicht kennen, die ich gebrauche? Warte ab, du wirst schon sehen, was du davon hast. Fulminat! Seht euch doch nur sein lächerliches Diplom an! Er holt ein Stück Klopapier aus der Tasche, und das nennt er dann Diplom.«

»Quak, quak«, ruft der Fahrer, wobei er seine Hand so vor den Mund hält, daß sie wie ein Pelikanschnabel aussieht. »Sprich nur weiter, gleich im Stadion, da wirst du schon sehen, wie deine Africa-Sports, dieser lahme Haufen Bete, zur Strecke gebracht wird. Das sind doch keine Fußballspieler, die ihr da habt, das sind Zuaven, Stümper, mit Pudding in den Beinen.«

»Und wer hat deiner Meinung nach das Tor gegen die tunesische Nationalmannschaft getreten?«

»Lorougnon, aber das war ein reiner Glücksfall. Ihr könnt eben nicht Fußball spielen, ihr tut nur so, als ob.«

Da ist wieder das Hotel Ivoire, diesmal von der Rückseite: die Arkaden, das Bowling, der riesige Kongreßpalast, hoch oben im Turm, wie ein aufgedonnerter Strohhut, das Kasino. Ich stelle mir das Zimmer Nr. 152 vor, vielleicht liegt die Weiße noch im Bett. Wie lange haben wir ihr schon keinen Besuch mehr abgestattet? Seit das Gerücht um Habib und die Dollar aufgekommen ist, doch das gehört der Vergangenheit an. Die Kleine ist morgen hier verschwunden, wir aber bleiben und müssen, wie der Torero gegen den Stier, gegen das gottverdammte Leben in Bidjan ankämpfen, ein Leben wie eine Busfahrt: Schlaglöcher, Schicksalsschläge, Albernheiten und Geschwätz, Schleuderpartien entlang der Lagune, alle Augenblicke Kurven und nach jeder bewältigten Teilstrecke die Gefahr, umzukippen... Wenn da ja nur das Gerücht von dem Sassa wäre, aber – ihr werdet sehen – sie setzen noch andere, viel verrücktere, viel gefährlichere Gerüchte in die Welt, und niemand erstickt daran. Hier tritt das Gerücht an die Stelle der Wirklichkeit, Arglist und Klischees besorgen den Rest.

Vom Verteiler von Indiéné aus gesehen, erscheint das Plateau wie ein wohlgeordnetes Trugbild, ein kleiner Dschungel aus Beton und Plastik, in dem sich die Welt zwielichtiger Weißer und schwarzer Parvenüs wie eine Clique abschottet. Aber das reicht längst nicht aus, um der Lagune den Garaus zu machen, die, unterhalb des Stadions, mittels der Pirogen, Baggerkähne und ihres unverwechselbaren Geruchs nach verwesenden Muscheln und Fischen dem Asphalt und Luxus Paroli bietet. Dann, das habe ich befürchtet, ein Stau auf dem Boulevard General de Gaulle. Der Fahrer nimmt die Gelegenheit wahr, sich herabzubeugen, um eine Dulcinea zu begrüßen, wobei er nur knapp einem entgegenkommenden Auto ausweichen kann, einem Honda – wenn man vom Teufel spricht.

Die alte, in einen Kru-Stoff gekleidete Frau ist aber ziemlich erschöpft. Wahrscheinlich trägt sie ihr Bündel gefärbter Pagnen schon seit Akouédo, wenn nicht sogar seit M'Poto. Mühsam hält sie sich mit der rechten Hand am Fensterkreuz fest. Ihr Hals ist gespannt, ihre Adern sind stark angeschwollen, aus ihren wie bei einem Trompeter aufgeblasenen Backen pfeift das hohe C. Sie kann nicht mehr und wendet sich an den Albino, der auf dem Platz gegenüber sitzt: »Wenn ich deine Mutter wäre, würdest du dann auch sitzen bleiben, als wärst du ein Chef?«

»Meine Mutter lebt nicht mehr. Sie wäre die einzige von euch allen gewesen, für die es sich gelohnt hätte aufzustehen.«

»Hast du dir schon mal deine Hautfarbe beguckt, du falscher Weißer, du aufgewärmtes Palmöl? Steh endlich auf, du Penner!«

»Ich, ein Penner? Sieh dich doch selbst an, du Lumpensammlerin vom Markt von Adjamé! Die Pagnen, die du dort verkaufst, würde meine Frau nicht einmal zum Feueranzünden benutzen.« In seiner Erregung ist er vom Sitz aufgesprungen; die Frau hat das ausgenützt, um seinen Platz einzunehmen.

»Fahrer, sag dieser Frau, sie soll meinen Platz freimachen!«

»Ich bin hier nur der Fahrer. Seht zu, wie ihr allein klarkommt. Ihr alle hier im Bus seid sowieso nichts anderes als Dagos ohne Schuhe.«

»Noch eine Beleidigung, und ich stopfe dir mit deinem Lenkrad das Maul, du Fahrer ohne Bremsen und ohne Hirn«, sagt der Holzfällertyp mit dem weißen Backenbart, der sich in der Nähe der Mitteltür aufgebaut hat.

»Sagt ihr, sie soll mir meinen Platz wieder überlassen!«

»Und wenn der Präsident höchstpersönlich käme, ich bliebe hier sitzen.«

»Der Präsident, wer ist das schon? Ist er etwas Besonderes? Ißt er vielleicht Asphalt?«

Schon soviel Krach und Geschrei, dabei sind wir noch gar nicht am Krähenfuß angekommen, den der Boulevard General de Gaulle, der Boulevard Avodires und die Gendarmerie-Straße bilden. Und das alles, ohne daß der Muslim mit dem Turban, der auf der Seitenbank sitzt, beim Herunterbeten seiner Gebetsschnur auch nur einmal durcheinanderkäme.

»So was habe ich noch nie in einem Bus erlebt. Was habe ich dem grundgütigen Gott getan, daß ihr Idiotenbande mir über den Weg gelaufen seid?« schreit der Fahrer und beeilt sich, den Bus zum Stehen zu bringen, denn er hat den Lieferwagen der Kontrolleure gesichtet: »He, worauf wartet ihr noch? Schreitet doch endlich ein! Man gebe mir andere Fahrgäste, diese Barbaren habe ich gründlich satt!«

Wir nutzen das Schlachtgetümmel aus, um zu entwischen, ohne den ironischen Blicken der kleinen Line Fologo weiter Beachtung zu schenken.

»Gehen wir bis zur Post, und nehmen wir dort den 12er.«

»Wie wäre es, wenn wir vorher ins Drugstore gingen und ein Bier tränken?« schlägt Laho vor. »Vielleicht treffen wir dort Habib und Cé Né Gon. Dann könnten wir die restliche Strecke im Auto zurücklegen.«

Das Drugstore befindet sich im Parterre des Nour-al-Hayyat-Hochhauses und stellt, wie auch das Snackarama im Hotel Ivoire, einen der Orte dar, die wir aufsuchen, wenn wir das Elendsgefühl betäuben wollen, das an manchen Monatsenden aufkommt. Um dorthin zu gelangen, geht man über die Treppe, die zur Terrasse führt, und durch die Einkaufspassage. Wenn der Besitzer, ein Libanese, in die Kellerräume steigt, um Poker zu spielen oder Erdnüsse zu kaufen, gibt uns Kouassi Kouassikro, der Barkeeper, Kredit, oder er spendiert uns eine Runde Gezapftes, das heißt Bier vom Faß. Daß Cé Né Gon und Habib nach Treichville fahren, ohne einen Abstecher ins Drugstore zu machen, ist schwer vorstellbar. Vielleicht kommt es Cé Né Gon in den Sinn, Laho die zehntausend wiederzugeben, die er ihm schuldet. Nur weil heute Sonntag ist oder weil Idjatou uns freihält, darf man nicht gleich jeden Gedanken an die Zukunft fallenlassen. Wir könnten uns davon morgen abend eine Tour durch die Kneipen leisten; wenn wir aber der Weißen einen Besuch abstatten wollten, brauchten wir mehr als zehntausend, plus die fünftausend, die Diallo uns bewilligt hat... Ein Grund findet sich immer, also gibt es jetzt nichts Dringenderes, als die Avenue Chardy auf dieser Seite wieder hinaufzugehen, die Rue Lecoeur entlangzulaufen, im Eiltempo die Blütenmeere des Blumenmarktes zu überqueren und in die Franchet-d'Espéray-Straße einzubiegen, die zum Nour-al-Hayyat hinunterführt. Schnell einen halben Liter an der Theke, und wir sind noch vor Mittag in Treichville. Idjatou wird erstmal eingeschnappt sein, und um die Gewitterwolken zu vertreiben, erzählen wir ihr dann einen guten Witz. Nein, Idjatou ist ein wahrer Schatz, es sähe ihr gar nicht ähnlich, sich wegen solch einer Lappalie mit der Sippschaft herumzustreiten. Und im übrigen sieht sie ja, mit welchem Eifer wir ihr helfen, ihre Einkäufe zu erledigen, den Raum herzurichten, die Gäste zu bewirten und für Stimmung zu sorgen. Eine kleine Schwester ihres Ranges ist es wert, daß wir ihren Abschied in aller Würde feiern... Wenn Cé Né Gon und Habib doch schon im Drugstore wären! Aber der Idiot von einem Libanesen! Wenn er keinen Partner hat, taucht er aus seinem Verlies auf und döst an der Kasse vor sich hin, derweil seine Augen auf dem Goldrand der Banknoten haften.

Macht sich eigentlich auch die Krankenschwester von Mermoz etwas aus Geld? Es ist nicht sicher, ob das ihrem Charme Abbruch täte. Eher wäre es so, daß das Geld in ihren Händen an Wert gewänne. Sie schafft es, selbst das kälteste Metall zum Glühen zu bringen... Papillon ist Montag vielleicht noch nicht abgekratzt. Wir können ihn dann noch sehen, wie er sich von der Turnhalle zum Speisesaal schleppt mit seiner in Krämpfen zuckenden Hand und dem verdutzten Gesichtsausdruck einer gequälten Kreatur. Die anderen werden über ihn herfallen, mit Fingernägeln und Wurfgeschossen, und was einen neuen epileptischen Anfall verursacht hat, ob die drückende Schwüle oder die erlittene Roheit, vermag dann niemand zu sagen... Wie bringt sie es nur fertig, so schamlos zu schweigen? Wenn sie dir wenigstens freiheraus guten Tag sagte... Wem wird es wohl gelingen, ihre vollen, versiegelten Lippen aufzubrechen? Wenn du sie vor dir siehst, steigt dir die Begierde erst in den Kopf, bevor sie von deinem ganzen Körper Besitz ergreift. Es muß ihr doch ab und zu ins Bewußtsein dringen, daß ihre Schönheit fast den Tatbestand einer schweren Beleidigung erfüllt.

Etwas von dieser Beleidigung hat auch das Hochhaus Nour-al-Hayyat an sich: Es läßt sich nicht in die Karten sehen, so wie sie. Verlorene Liebesmühe, was uns betrifft. Experten wie wir sind jederzeit in der Lage herauszufinden, ob Kouassi Kouassikro freie Hand hat oder nicht. Wenn die Kellerfenster geschlossen sind, heißt das, daß sich der Chef im Untergeschoß aufhält; sind sie geöffnet, spielt er im Umkreis der Registrierkasse den Aufseher. Am Eingang der Ladenpassage wissen wir Bescheid – und Kouassi Kouassikro gibt einen ausgezeichneten Chef ab. Den Klojungen und die Kassiererin herrscht er an, und mit der ausladenden Gestik eines Maharadscha bedient er die Gäste.

In einer der amerikanisch anmutenden Nischen, die sich im Gang zur Toilette an die Wand drängen, haben sich Cé Né Gon und Habib niedergelassen. Kouassi Kouassikro bedient sie gerade.

»Also, Kouassi, bring am besten gleich vier vom Faß, denn wie ich sehe, trudeln da noch ein paar Neuankömmlinge ein. Hallo, wie kommen wir nach Treichville, Jungs?«

Die alte Karre hat sie vor dem Freiheitskino im Stich gelassen, sie waren noch mitten im Gewimmel von Adjamé.

»Wir nehmen den 12er-Bus und sind noch vor Mittag in Treichville. Idjatou gerät zwar schnell außer sich, aber da stellen wir uns taub. Eine Stunde reicht vollkommen, um die Einkäufe zu erledigen. In Treichville gibt es alles, auch sonntags. Du kannst dort essen und philosophieren und vögeln, auch sonntags.«

Es erscheint Mafing, der aus Port-Bouët kommt – was für eine Dummheit, das Drugstore anzusteuern, ohne sich die Mühe zu machen, über Treichville zu fahren und Idjatou zu vertrösten. Aber wenn dem nun einmal so ist, setz dich hin, Bruder, dafür werden wir uns, wenn wir alle zusammen im Bus fahren, weniger langweilen, und, verflucht noch eins, trinken wir schnellstens unser Bier, wir müssen zur Bar Hélène. Und, kaum hat Mafing Platz genommen, da erzählt er, daß Thiam gestern aus Guinea gekommen ist... Eins ist sicher, das ganze Land wird noch sein Heil in der Flucht suchen. Drecksunabhängigkeit, das ist kein Land mehr, das ist ein morscher Kahn, der in hellen Flammen steht und dem jeder mit allen Mitteln, die seine Angst ihm eingibt, zu entkommen sucht. Ihr werdet es erleben, daß eines Tages sogar Weißbubu flüchtet. Dann ist die Matratze, die ein Spaßvogel im Fertigbau Nr. 6 für ihn bereithält, kein Witz mehr. Vergeßt nicht, daß die Unabhängigkeit auch wie ein Witz angefangen hat: Die Neger haben sich befreit, nun hört doch bloß! Und jetzt hat auch Thiam mit den Füßen abgestimmt. Aber sagt mal, um welchen Thiam handelt es sich eigentlich? Allem Anschein nach haben sich in Senegal, Sierra Leone und Liberia schon ganze Völker von uns wieder zusammengefunden; nun ist die Elfenbeinküste an der Reihe, also, *das muß mal gesagt werden, die Ausländer, diese verdammten Guineer, die werden unser schönes Land noch zugrunde richten*, ach, Kouassi Kouassikro, mein Bruder, jetzt oder nie, schlag deinen Anschreibblock auf: Das alte Bidjan ist sonntags noch schwerer zu verkraften.

Jedenfalls fahren die Busse am Tage des Herrn häufiger, und die Straße Nr. 16, an der die Bar Hélène liegt, ist von der Haltestelle an der Straße Nr. 12 nur fünf Minuten Fußweg entfernt. Kommt die Geschichte vom Sassa wieder auf den Tisch? Aufgepaßt, daß die alten Erinnerungen nicht unnütz aufgewärmt werden. Idjatou, die unseren Herzen sowohl aufgrund ihrer eigenen guten Eigenschaften als auch wegen der Erinnerung an ihren Bruder so nahesteht, hat ein Recht darauf, rücksichtsvoll behandelt zu werden, vor allem am Abend vor ihrem Abflug. Jetzt ist der Augenblick, ihr unsere Unterstützung zuteil werden zu lassen. Ganz allein ist sie der Sache nicht gewachsen, denkt nur daran, wieviel Schweiß es kostet, den Wünschen von zirka dreißig Landsleuten, die kein Fest auslassen, nachzukommen. Kouassi Kouassikro, bring uns noch ein letztes Bier, wir müssen zur Bar Hélène... Dieser Thiam, meint ihr, wäre aus Dinguiraye gebürtig? In dem Ort heißen sie alle Sada Thiam. Aber wenn ihr mir sagt, daß er als Interner auf dem Gymnasium von Kindia war, ist es etwas anderes... Trotzdem, ich müßte ihn wohl erst sehen, um sicher zu sein. Schließlich ist Guinea ein Vaterland, wo sich alle kennen, dieselben Brunnen, dieselbe Großmutter, eine einzige Familie, eine große Familie, die die unheilvollen Folgen der Dummheit in tausend sich überlappende und rivalisierende Grüppchen aufgespalten haben. In dieser Hinsicht hat das Exil auch sein Gutes: Es übernimmt die Vormundschaft... Sollte es sich um den großen Jungen mit dem Pavianschnäuzer handeln, der so exzellent Basketball spielte? Alles steht und fällt damit, in welchem Jahr er das Gymnasium in Kindia besucht hat... Arsiké und Tiobendo haben also versprochen, ihn im Wohnkomplex Fairmont abzuholen, wo er bei entfernten Cousins untergekrochen ist? Das beste wäre, auf sie zu warten. Idjatou wird uns eine Gardinenpredigt halten, und sei es nur, um Dampf abzulassen. Und gibt es eine bessere Gelegenheit als die Fete heute abend, um den Neuankömmling vorzustellen und sich nach der Heimat zu erkundigen – wenn auch jeder längst weiß, was los ist? Was besagten Thiam angeht, so hätte er, wie es heißt, eine merkwürdige Geschichte zu erzählen... Die Geschichte vom Sassa wird dagegen schon seit Jahren erzählt, ohne daß irgendeine präzise Aussage die Menschheit aufgeklärt hätte. Es besteht allgemeine Übereinstimmung dahingehend, daß alles in der Bracodi-Bar angefangen hat, aber niemand erinnert sich, wer diese ungereimten Albernheiten in Umlauf brachte. Heute abend und morgen werden wir sicherlich davon reden, danach interessiert das niemanden mehr... Sich vorzustellen, daß die Krankenschwester niemals etwas zu erzählen hat! Sie wird schließlich stumm geworden sein. Die Engelchen haben sie mit ihrer Aphasie angesteckt. Ihr Sprechvermögen ist in einem noch schrecklicheren Zustand als das, was von ihren Körpern übriggeblieben ist, so als wären auch Worte aus organischer Materie gebildet. Es ist schon viel, wenn sie über eine Nase oder Haut verfügen oder über zwei spindeldürre Beinchen, die ihren Bauch mit dem Boden verbinden. Das Rote Kreuz tut, was es kann. Wenn der Landrover vom Supermarkt die Waren anliefert, geben sie sich alle erdenkliche Mühe, hinterherzulaufen und über die lächerliche Gestalt, die die Chauffeursmütze trägt, zu lachen... Nein, es gibt auf Erden kein Unglück, nur ein niedrigeres oder höheres Maß an Sarkasmus. Wie konnte sich eigentlich diese Geschichte vom Sassa dermaßen in unseren Gedanken einnisten? Hier sind Gerüchte mitreißender als hohe See, aufreizender als Gewitter. Warum zum Teufel die Geschichte vom Sassa, die aus einer Zeit stammt, als die Fulbe – sollten sie jemals dort gewesen sein – noch in den Höhlen des Tassili saßen. In Wirklichkeit, und das kann man nicht bestreiten, ist das die Art Geschichten, die gut zum Charakter von Bidjan paßt, einer Stadt, darauf versessen, sich modernen Denkens, moderner Ernährung und moderner Schurkereien zu befleißigen, beim geringfügigsten Anlaß aber die schlimmsten Altlasten wieder ausbuddelt. Eine Umgehungsstraße wird angelegt? Schon taucht aus den Fluten ein in Algen, Tintenfische und Legenden gehülltes Fischerdorf auf. Eine Fabrik wird gebaut? Schon kommen gegenüber in Latrinengestank gehüllte Kasematten zum Vorschein, darauf grimmige Götter ohne Saft und Kraft und tapfere Männer mit reichlich Pech und Palmwein. Wie man hört, ist in Marcory ein neuer Wohnkomplex aus dem Boden gestampft worden. Gleichzeitig sind in Attiékoubé ein paar Bruchbuden neu hinzugekommen, einige arme Teufel, einiges mehr an Verbitterung: Kurpfuscher aus Guinea, Mossi-Erpresser, Huren aus Ghana, Bettler aus dem Sahel, von Dürre und Haß vertrieben. Und nun wieder die angestaubte Geschichte vom Sassa, die man ausbreiten und ausschütteln wird bis auf die

Eisbahn des Hotels Ivoire. Daß die Urheber von Gerüchten anonym bleiben, sollte verboten werden... Thiam ist also aus Guinea gekommen und erzählt eine merkwürdige Geschichte über mich. Ist es wirklich der, der beim Basketball seine Kunststückchen vorführte? Wann ist er nur von dem verdammten Gymnasium in Kindia abgegangen? Kann man dem überhaupt Glauben schenken, was in jenem verfluchten Land erzählt wird? Früher vielleicht, aber heute, mein Lieber... Was könnte er wohl erzählen, was wir nicht alle schon längst gehört hätten? Die Heimat ist alles andere als komisch, dort ist alles gesagt, alles verraten, alles zerstört worden. Noch einmal das gleiche, Kouassi Kouassikro, mein Bruder, in Guinea gibt es nichts mehr, keinen Zucker mehr, keine Liebe, keine Neuigkeiten von der Verwandtschaft. Thiam soll ruhig kommen und sehen, wie wir hier leben. Wir nehmen ihn mit zu Tantie Akissi und essen dort ein Fufu, wir stellen ihn Idjatou vor und gehen mit ihm zur Weißen, irgendwann in den nächsten Tagen. Wir zeigen ihm auch die Houphouët-Boigny-Brücke, die Wunder der Straße Nr. 12, das Bordell von Koumassi, das Bowling im Hotel Ivoire. Er wird sich wie neugeboren fühlen, denn wer aus Guinea kommt, der kommt aus dem Jenseits. Wenn er die Gastfreundschaft der Cousins nicht länger in Anspruch nehmen kann, versorgen wir ihn mit Mensabons, einer Ecke für seine Matratze und einigen Tips, wie er das Fahrgeld für den Bus sparen kann. Alles weitere wird er von selbst lernen, das Leben in Bidjan steckt voller Unwägbarkeiten, ist wie russisches Roulette oder eine Jagd auf Lockvögel aller Art. Bidjan ist eine knickrige Stadt, aber sie gibt jedem seine Chance.

Da kommt der Libanese mit seinen unbeschreiblichen Hosenträgern. Er nimmt wieder seinen Platz an der Kasse ein, vor der Schublade mit dem Geld, und wendet sich in barschem Ton an Kouassi Kouassikro: »Hast du nichts zu tun? Ruf Zaïter an, damit wir eine Partie Poker spielen können!«

»Ich habe ihn schon dreimal angerufen, Chef, es nimmt niemand den Hörer ab.« Er beugt sich zu dem Phönizier herab, um ihm etwas ins Ohr zu flüstern, und verschwindet dann durch die Tür, die zur Avenue Chardy geht. Wenige Minuten später kommt er zurück, in Begleitung einer kleinen Erdnußverkäuferin, einer Lolita im Alter von dreizehn oder vierzehn Jahren. Niemand kennt den Geschmack des Nabobs besser als Kouassi: »Die Erdnüsse sind köstlich, Chef.«

»Sind sie auch gerade frisch geröstet?«

»Erdnüsse lecker, lecker, Mussjö«, antwortet das Mädchen. Ein hübsches Ding. Sie bietet ihre Ware an, indem sie sie mit der Hand aus der Schüssel schöpft und die Nüsse zärtlich, als wären sie Wasser, über ihre Finger gleiten läßt. Hübsches Gesicht, hübsche Frisur, ein Kreppkleidchen mit tiefem Ausschnitt am Rücken und Schlitz an der rechten Seite, der ein wenig von ihrem spitzenumrandeten Unterhöschen sichtbar werden läßt. Wenn der Libanese mit ihr spricht, zeigt sie ihm ihr Profil, hebt und senkt ihre kleinen unruhigen Augen und faßt sich abwechselnd an ihr Haarband aus Tüll, ihre Ohrringe und ihr Rosettenarmband. Nach ihren vollen, gierigen und leuchtend rot angemalten Lippen zu urteilen, ein früh zur Sinnlichkeit erwachter Mund. Knallrote und gefeilte, für ihr Alter viel zu lange Fingernägel.

»Kannst du auch etwas anderes als Erdnüsse rösten?«

»Probieren Sie mal, Mussjö, und du wirst selbst sehen. Erdnüsse so wie meine findest du sonst nicht in der Stadt.«

»Was soll denn 'ne Portion kosten?«

»Von den anderen nehme ich immer zweitausend, aber du, dich kenne ich ja, du bist nett, du mußt nur tausendfünfhundert zahlen.«

»Warte im Büro auf mich. Ich will erst probieren, und wenn's mir schmeckt, nehme ich die ganze Schüssel für zehntausend. Vorausgesetzt, mir schmeckt's wirklich gut. Zufrieden?«

»Ich will nicht lügen, ich bin ganz zufrieden.«

Kouassi Kouassikro ist Kellner, richtig; niemand sollte aber vergessen, daß er ein Baule aus Sakassou ist, in gerader Linie von dem furchtbaren Kouakou Anougblé II. abstammt und daß er aus diesem edlen Grunde sowie anderer Ursachen wegen, die in seinem Seelenleben zu suchen sind, sehr eigenwillig handelt. Und wenn ein mißgünstiges Geschick ihn dazu zwingt, einem Libanesen als Boy zu dienen, heißt das nicht, er würde uns, seine guineischen Brüder, die wir eigentlich unausstehlich, durch die Macht der Gewohnheit aber seine Freunde sind, devot behandeln. Nein, die Entscheidung, ob er uns durch die Lüftungsklappe sehen läßt, behält er sich höchstpersönlich vor: »Wollt ihr noch ein Gezapftes? Hier bin ich der König, und der gewährt seine Gunst gratis.« Der König ist sich einiges Nachdenken schuldig, bevor er entscheidet, ob er uns, ja oder nein, den Zutritt gestattet. »Habt ihr schon mal ein Kino gesehen, wo man hineindarf, ohne Eintritt zu zahlen? Aber ich bin ja kein Unmensch. Für andere kostet es mindestens fünfhundert, oder sie können sich zum Teufel scheren und die Möse ihrer Schwester besichtigen! Stellt euch vor, ich habe so eine Ahnung, als würde ich euch heute reinlassen in diesen Farbfilm. Hab ich's nicht gesagt, ich, Kouassi Kouassikro, ich bin wirklich kein Unmensch.«

Kouassi Kouassikro steigt also auf die Kloschüssel, löst mit seinem Messer den Haken und hebt den Deckel der Lüftungsklappe an. Dann fordert er uns auf, auf die Kanister zu steigen, die er zwischen Wasserspülung und Trennwand gestellt hat. Die Öffnung gibt den Blick auf den gesamten Büroraum frei, der nichts anderes ist als eine alte Rumpelkammer, ungefähr zwanzig Quadratmeter groß, vollgestopft mit in Papier eingepackten Fensterscheiben, gestapelten Deckenplatten und in den Ecken haufenweise gelagerter Feilspäne. An der linken Wand, zwischen Zementsäcken und Weinfässern sowie Tüten mit Malz eingeklemmt, der Pokertisch. In der Mitte ein Gebetsteppich.

»Kannst du nur Erdnüsse rösten?«

»Am besten probierst du's selbst aus, Chef!«

»Du kleines Luder, gönn mir doch endlich mein Vergnügen!«

Sie versteckt sich zwischen der Nähmaschine und dem Kanister mit Terpentinersatz, sie gurrt, sie tänzelt hin und her: »Worauf wartest du noch, Chef, um mich zu packen? Das willst du doch, nicht wahr?«

»Komm her, du Wildkatze!«

»Mal ehrlich, meinst du, daß man für nur zehntausend jemanden lieben kann?«

»Komm her, ich gebe dir fünfzehn!«

»Dein Angebot steht noch aus, Chef.«

»Zwanzig, dreißig, ja dreißig, wenn du sofort herkommst!«

»Einverstanden, ich komme. Aber wenn du ein Foto machen willst, mußt du noch zehntausend drauflegen.«

»Abgemacht, vierzigtausend, unter der Bedingung, daß du mich alles machen läßt, was ich will. Komm zu mir, du kleine Nutte, du Hurenmädchen, komm und gib mir alles, was du zu bieten hast, gib es mir, und mach mich fertig!«

Wir würden uns gern totlachen, aber Kouassi Kouassikro wacht von seiner Kloschüssel aus darüber, daß niemand auch nur einen Mucks von sich gibt. Der Libanese hat sich jetzt wieder aufgerichtet, und das Mädchen putzt ihn mit einem Kleenex ab. Danach geht er zum Tisch, um sich der

Polaroid zu bemächtigen: »Du siehst großartig aus zwischen den Bierkästen. Wer deine Erdnüsse probiert, *billâhi*, der fühlt sich wie im Paradies.«

»Machen Sie schnell, Mussjö, ich muß auf den Markt zurück, meine Mutter schimpft mich sonst aus.«

»Ach was, du Flittchen, du Nutte, deine Mutter schimpft garantiert nicht... Ich will dich noch einmal nehmen, und dabei stelle ich den Apparat auf Automatik. Ich will alles auf dem Film, deine Haut, deine Begierde, dein Lächeln, alles, was an dir und was in dir ist. Weißt du, daß du schön bist? Hier bist du noch schöner. In dem Chaos, das hier herrscht, kommt deine Schönheit richtig zur Geltung. Neben den Kanistern und Vorratsgläsern siehst du wie eine Göttin aus. Viel besser, als wenn du am Strand oder auf der Blumenschau fotografiert würdest. Deine Schönheit erstrahlt ganz unmittelbar, man verfällt ihr bedingungslos. Man muß dich einfach begehren – ohne viel Getue und ohne alle Umschweife, und deswegen bin ich verrückt nach dir. Du kommst doch wieder? Komm wieder, ich treibe es mit dir auf dem Teppich, auf dem Schreibtisch, und ich fotografiere dich dabei. Ich soll dich nicht mehr fotografieren? Willst du lieber, daß ich das ganze Geld der kleinen Clémentine gebe? Sie ist nicht so schön wie du, aber sie stellt sich nicht so an...«

»Chef, gib mir das Geld, ich muß gehen.«

»Wir hatten doch zehntausend ausgemacht, nicht wahr?« sagt der Libanese, während sie sich wieder anziehen.

»Das ist nicht fair, Chef.«

»Ach ja, zwanzigtausend, stimmt ja, zwanzigtausend.«

»Dreißigtausend und das Foto, macht fünfzigtausend.«

»Na gut, dreißigtausend alles inbegriffen, man soll nicht zuviel auf einmal verlangen. Was kann ein kleines Mädchen wie du denn mit soviel Geld anfangen?«

»Gib mir dreißigtausend, beim nächsten Mal gibst du mir den Rest.«

»Die nächste Vorstellung ist morgen, mit Greta Garbo und Judy Garland! Seid ihr nun zufrieden, Jungs?« Wir steigen von den Kanistern hinunter, trinken weiter unser Bier. Thiam ist immer noch nicht da. Dafür aber Zaïter, ein wahrer Pokergewinn, wir können auf unseren Landsbruder warten, ohne daß wir um unser Portemonnaie fürchten müßten. Idjatou wird erstmal eingeschnappt sein, dann gehen wir einkaufen, und sie wird uns auf der Königin-Pokou-Avenue Aloko[1] und ein kleines Bier ausgeben.

Mein Gott, was könnte Thiam wohl zu sagen haben, und obendrein noch über mich? In der Heimat gibt es, worüber auch immer, überhaupt nichts mehr zu sagen. Alles hat dort seine Bedeutung verloren, und wäre sie noch so gering gewesen: Alter wie Ansehen, Familie wie Tod, selbst das Leiden. Ich frage mich, was dort überhaupt noch einen Sinn haben kann: der Geruch des Meeres, das Surren der Mücken, die wie Schreckgespenster aussehenden Baobabs.

Wißt ihr, daß es gleich achtzehn Uhr ist? Laßt die Zeit vergehen, wie sie will, wir sehen zu, daß wir ein Taxi nehmen, dann sind wir schon so gut wie angekommen. Wir entschuldigen uns für unser Mißgeschick, und Idjatou wird sich deswegen umso mehr freuen... Ja, und dann muß es schon nach achtzehn Uhr gewesen sein, als jemand sagte: »Da sind sie ja endlich! Thiam ist aber alt geworden!« Was nicht stimmt, in Guinea altert man nicht, man wird nur weißer vor Angst – und alle wenden sich Bidjans neuem Gast zu. Wir sehen ihn an und warten darauf, daß aus seinem Munde die Morgenfrische der Heimat strömt, ihr Bluff, ihre Täler, ihre Spinnenaffen, ihre Flüsse, die Hoch-

1 gebackene Kochbananen

ebenen des Fouta-Djalon, der entsetzliche Gestank ihrer Leichenberge. Sag mal, Thiam, was macht denn unser altes Gymnasium in Kindia, steht es immer noch auf dem Hügel von Tafori? Und der schöne kleine Bach, der durch den Guavenhain floß, ist der noch nicht versiegt? Erzähl uns vom Obstgarten der Franziskaner, wo wir immer Cashewnüsse geklaut haben! Von den Wasserfällen von Ségueya, von Thierno Djibias Wiesen... Aber Thiam ist wortkarg, mürrisch, steht unter dem Eindruck der Folter – wie jeder, der aus der Heimat kommt. Er möchte erzählen, daß der Fluß, in dem wir nach dem Sportunterricht badeten, nur noch ein Rinnsal ist, von Mangrovenwurzeln überwuchert, daß der Nightclub »Zum blauen Pavillon«, wo wir samstags immer tanzen gingen, zum Versammlungsgebäude der Partei umfunktioniert wurde und daß auch die Anpflanzungen von Foulaya zu einem Erinnerungsstück aus der Kolonialzeit verkommen sind. Aber dazu gibt man ihm keine Gelegenheit, und er ist noch Anfänger, daran sind die Fußangeln und Fallstricke da drüben schuld. Wenn er erstmal ein paar Kneipentouren hinter sich hat, dann vielleicht, wenn er erstmal mit den Wassern der Lagune getauft ist, wenn er erstmal in den riesigen Bauch von Bidjan eingetaucht ist, dann vielleicht, aber nicht eher. »Nun, mein lieber Thiam, du hast uns doch bestimmt etwas zu erzählen...« Und auch ich lasse mich von der süßen Sehnsucht nach Kindia gefangennehmen, so sehr, daß ich darüber meine Krankenschwester vergesse.

Inwischen ist sie sicher vom Picknick zurückgekehrt. Sie hat Papillon beim Aussteigen aus dem Bus geholfen. In dieser Schar Sterbender ist er von allen der hinfälligste, steht er dem Grab am nächsten, das sich ihnen zur Zeit allerdings noch hartnäckig verweigert. Seinem Zustand zum Trotz wird er Blumen gepflückt und Libellen gefangen haben.

Und bestimmt hat er seinen Stumpf in dem Bach gebadet, in dessen Nähe sie sich niedergelassen haben, hat einen Becher Milch getrunken und von der Suppe gekostet. Wie die anderen auch hat er sich mit Obstbrei beschmiert, um Indianer zu spielen. Sie wird ihm die Hölle heißgemacht haben, um ihn zu überzeugen, daß er sich etwas anziehen muß gegen den kühlen Wind aus dem Busch. Nach der Mittagsruhe sind Obierika, Ekwefi, Chielo und alle anderen über ihn hergefallen, um ihm den Mund aufzureißen. Sie wird sich währenddessen unter einen Baum gesetzt haben, um zu lesen. Von Zeit zu Zeit hat sie aufgeblickt, um Chielo auszuschimpfen oder der Matrone Anweisung zu geben, Amebio die Nase zu putzen oder Lemewis Prothese zurechtzurücken. »Rebecca, don't break Chielo's legs. Be care with Ametowondo's eyes! Ekwefi, you must lend your gun to Amebio. Be quiet, Obierika!« Dort, in der reinen Natur, den Blicken der Männer entzogen, ist sie noch schöner, eine Königin, eine Priesterin.

Und dann ist es Mitternacht; sie liegt im Bett, allein mit ihrem Körper und ihren Geheimnissen. Es ist Mitternacht, Idjatou wird schon irgendwie klar gekommen sein, ganz allein oder mit Antonines oder mit Tantie Akissis Hilfe. Unmöglich, die Gläser endlich auszutrinken und die Erinnerungen an das Gymnasium in Kindia, die wir wachgerufen haben, auch nur einen Augenblick lang zurückzudrängen. Existiert das Regendach noch über dem Gang zwischen den Schlafsälen und dem Laden? Ist das Wasserreservoir, das wie eine Eule vor dem Speisesaal wachte, noch nicht unter dem Staub verschwunden? Ist die berühmte Schmetterlingssammlung noch da, die Zierde des Labors? Und der Handballplatz? Und das Exemplar von einem gelben Pferd, das in der Nähe des Judoraumes stand, auf dem wir liebend gern Cowboy spielten, um Pythagoras, den Aufseher, auf die Palme zu bringen? Und das alte eiserne Tor, an dem wir wie die Affen rüttelten, wenn wir vom Kino oder von einer Theateraufführung nach Hause kamen? Und Badianes Gemüsegarten? Lieber Gott, Badianes Gemüsegarten, den hätten wir fast vergessen! Dort sind wir nach dem Unterricht herumspaziert, um unsere Lektionen in Politischer Ökonomie zu lernen, sowie des Nachts, um uns mit Maniok und Mais zu versorgen. Wenn Badiane, der auch der Fahrer des Direktors war, nicht gerade eine seiner Frauen mit seinem Besuch beehrte, erschien er mit seinem dicken Bauch und einem Ochsenziemer auf der Bildfläche, um uns zu vertreiben. Ach, was wohl aus ihm geworden ist? Aber im Ernst, es ist Mitternacht, erzähl uns ein andermal mehr, Thiam, wir müssen jetzt zur Bar Hélène!

»Warte einen Augenblick«, sage ich, »was hast du mir eigentlich so Wichtiges zu berichten?«

»Es betrifft deinen Onkel, deinen Onkel Balla. Du weißt es vielleicht nicht, aber ich bin über die Grenze nach Liberia geflohen. Und wen treffe ich, als ich in Liberia ankomme? Deinen Onkel Balla!«

»Mein Onkel Balla in Liberia? Das darf doch wohl nicht wahr sein! Hat man ihn auf eine Dienstreise dorthin geschickt?«

»Ja, dein Onkel Balla ist in Liberia, und dahin hat er sich ganz allein und ohne daß jemand davon wußte, aufgemacht. Wie immer ist er gegen fünfzehn Uhr aus dem Büro gekommen. Er hat sich ganz normal geduscht, sich dann, nachdem er die Schulhefte seiner Kinder durchgesehen hatte, zu Tisch gesetzt und angefangen zu essen. Dabei hat er im Hintergrund Radio gehört, wo gerade die Liste derer verlesen wurde, die an jenem Tage zu einer Verbannung verurteilt worden waren. So hat er erfahren, daß man ihn zu Zwangsarbeit auf Lebenszeit verurteilt hatte. Da hat er das

Radio ausgeschaltet und sich so, wie er war, in Babuschen und Pyjama, ans Meer begeben, ganz nah heran, als ob er Luft schnappen wollte. Dann ist er immer am Ufer entlanggewandert, bis nach Sierra Leone und schließlich nach Liberia. Er bittet dich, ihm schleunigst ein paar Sachen sowie Geld zu schicken, damit er zu dir kommen kann.«

Arsiké hat sich als erster erhoben und rüttelt an meinen Schultern: »Diesmal sitzt du aber richtig in der Patsche, mein lieber Freund!«

Das Postgebäude und, da capo, der Bus. Der 8er diesmal, der zur gleichnamigen Straße fährt. Zu dieser späten Stunde findet man immer einen Sitzplatz. Die Busse, die auf den Straßen Bidjans verkehren, sind eine Welt für sich, mit eigenen Gestirnen und Jahreszeiten. Schwule, Huren, das ganze horizontale Gewerbe hat die Händlerinnen und kleinen Angestellten vom Vormittag abgelöst. Hier hat jeder die ihm eigene Zeit zum Aufstehen, und hier löst jeder seine Busfahrkarte, als wäre dies eine Heldentat und als nähme er damit sein Schicksal wieder in die eigene Hand. Solange es noch hell ist, gelingt es der Stadt, den äußeren Schein zu wahren. Sobald aber die Dämmerung hereinbricht, reißt sie sich die Masken ab und enthüllt ihr wahres Gesicht. Ein Vaudeville statt Scham, guter Sitten und Prunk; Erpressung, schrille und selbstgefällige Vulgarität statt Lauterkeit der Seele. Eine Nacht wie ein geschicktes Lavieren zwischen Falschspiel und Aufruhr, ein Kosmos für sich, der seine Zweideutigkeiten zur Schau stellt wie andere ihre Jugend. Wenn das Tageslicht verlöscht, schwemmt es alle Symbole der Macht mit sich fort: Dienstgrade, Verordnungen, Ampeln und Parkverbotszonen. Das Meer wird aufgewühlt und heimtückisch, ein jeder wird seinem Nächsten, was ein

Wassertropfen dem andern ist. Ob Bulle, Priester, Lumpensammler oder Matrose, alle leben nur von der Durchsetzungskraft ihres Drangs, zu lügen und die Nase vorn zu haben. Alle im Rausch, alle namenlos im Ballsaal des Verfalls.

Dieser Fahrer ist gefälliger als der vorherige. Er hat sich seine blaue Uniformjacke ausgezogen, um sich, so könnte man meinen, besser der nächtlichen Toleranz anzupassen. Ganz unverfroren gehen wir an ihm vorbei; wir legen es darauf an, ihn merken zu lassen, daß wir keine Fahrkarten besitzen. Wir entscheiden uns für die bequemen Sitze in der Mitte, in Duftweite zweier Huren, eines Gorguidjen[1] und eines Lui. Den Lui erkennt man an seinem Schmiß an der Nasenwurzel, seinem feurigen Blick, an seiner Yoruba-Mütze und seiner Turbinenstimme, die Gemeinheiten in der Ewe-Sprache verbreitet. Aber vielleicht handelt es sich in Wirklichkeit um Liebenswürdigkeiten, die ihm, einem schüchternen Gorilla, entschlüpfen, ohne daß er ihnen eine Form zu geben wüßte. Seine Schützlinge bekommen auch fast einen Lachkrampf und antworten ihm mit überschwenglicher Gestik. Und als Beweis dafür, daß dies alles nur Taktik ist (die heißgeliebte Hinhaltetaktik von Bidjan – wobei man sich nur fragt, welcher Termin, welcher Tag des Wahnsinns zum x-tenmal hinausgezögert werden soll), widmen sie ihrem Aussehen größere Aufmerksamkeit als seinem Gemeckere. Die Hure (ich spreche von derjenigen, die diesen Titel aufgrund ihres ausladenden Hinterteils, ihrer reifen, kampfbereiten Brüste und auch ihres harten, ziemlich abgeklärten Gesichtsausdrucks wegen verdient), muß nichts mehr unter Beweis stellen. Mit einer beispiellosen Selbstverständlichkeit dasitzend, läßt sie ihre beringte

1 Schwuler in der Sprache der Wolof

Hand von Zeit zu Zeit durch ihre Afrofrisur fahren. Die andere spielt die ihr zugefallene Rolle, indem sie voll und ganz auf die mageren Jahre ihrer Minderjährigkeit setzt. Sie trägt ein Kleid aus übertrieben durchsichtiger Gaze. Ihre Lippen werden durch ein Rot betont, das nach Basilikum und Reseda riecht und zwischen Mundwinkeln und Kinn zerlaufen ist. Die Augenbrauenbögen hat sie mit Asche und Kaolin nachgezogen. Eine kleine zehnjährige Schülerin, die zu schnell gewachsen ist, könnte man meinen. Cé Né Gon tut so, als wolle er das Fenster öffnen.

»Halt, schönes Jungchen«, gluckst sie, »rühr ja nicht meinen Spiegel an!«

»Merkt ihr denn nicht, daß man hier drin vor lauter Gestank keine Luft mehr kriegt?«

»Laß sein, ich sag dir, es bringt gar nichts, wenn du das Fenster öffnest.«

»Meine kleine Schwester hat recht«, pflichtet ihr die andere bei, »wo man auch ist in dieser Stadt, sie stinkt, und das ist eher ein gutes Zeichen. Eine Stadt, wo alle gut essen, gut trinken und gut bumsen können, ist zwangsläufig eine Stadt, die stinkt, nicht wahr, Schwester Aflowo?«

»Du sagst es, Schwester Aretha. Wenn der Monsieur nicht stinken will, dann bleibt ihm nichts anderes übrig, als ins Dorf zurückzugehen.«

»Hört auf, Mädchen!« sagt nun der Gorguidjen, der sich bislang darauf beschränkte, seine Nägel zu schneiden und eine Joint-Kippe zu rauchen. »Gebt Ruhe, habt Erbarmen! Wenn die menschliche Rasse so schön ist, dann ist das etwas für uns. Komm, Bruder« – er nimmt Cé Né Gons Hand in die seine –, »für weniger als tausend nehme ich dich mit und zeige dir die verborgene Seite der Welt.«

»Wir überlassen sie dir, Pedro«, ruft die Kleine. »Sie stinken schlimmer als die Stadt, sie stinken nach Student.

Nichts in der Tasche, nicht im Hosenschlitz, nichts als Bücher und Ausflüchte!«

»Vorsicht, kleine Schwester, keine Falschmeldungen. Mir sind schon Studenten untergekommen, die mir mehr als fünftausend gezahlt haben für Dinge, die in den Bereich zwischenmenschlicher Beziehungen fallen, für den wir zuständig sind.«

»Hat dich jemand nach deiner Meinung gefragt, du Schwuchtel?« Es ist der Muslim im Kaftan, derselbe, der vorher im 8er-Bus seine Gebetsschnur herunterbetete, welcher jetzt zur allgemeinen Überraschung den Mund auftut. Auf der hinteren Sitzbank eingeklemmt, bärtig und mit einem Turban aus weißem Baumwollstoff, machte er aufgrund der Ruhe und Würde, die er ausstrahlte, allen Eindruck. Und doch fängt eben dieser Mann nun folgendermaßen zu reden an: »Jawohl, ein Schwuli! Seht ihn euch nur an: Um über die Runden zu kommen, verkauft er seinen mickrigen Hintern, statt wie alle anderen zu arbeiten. Wie soll da jemals etwas aus Afrika werden? Wouya-wouya, du falscher Fünfziger, du Hermaphrodit!«

Tantie Akissi hat recht: »Im Herzen Bidjans brennt Feuer.« Hier lodert und prasselt es überall. Ist das überhaupt eine Stadt? Oder nicht vielmehr ein Wust aufbrechender Leidenschaften, ein Hochofen, der sich über die Tropen lustigmacht, ein Schmelztiegel, der das Hier und Dort, das Heute und Gestern zusammenschmilzt und erst am Siedepunkt auf seine Kosten kommt? Streitigkeiten am Morgen, Streitigkeiten am Abend, in zwei Bussen, die sich zu einem Protestmarsch formieren könnten, wenn man die Zahlen hochrechnen würde. Sonne und Wut, Donner und Gelächter, die Normalität wird hier mit der schrecklichen Elle des Eklats gemessen. Oh ja, tausendmal ja, Tantie Akissi hat recht: »Eher kann man die Lagune leerschöpfen oder auf dem Asphalt säen, als in Bidjan einen Augenblick Ruhe finden.« Denn der Streit ist natürlich noch nicht ausgestanden. Den Schlag weggesteckt, einmal tief durchgeatmet, und die Hure (die kleine, frühreife, hochtalentierte) geht, um die gefährdete Familienehre zu retten, zum Gegenangriff über: »Falscher Prophet, Ziegenficker! Dich kennen wir! Du sagst, du willst zur Moschee, um zu beten, und nach Treichville, die Kollegen, die in Pension sind, besuchen. Alles Blabla! Deinesgleichen hat das Land an den Abgrund gebracht. Seht euch das Gespenst, das unsere Arbeitsstätte heimsucht, gut an! Mein Freund hier, der wird gefickt und dafür bezahlt. Du, du zahlst und fickst nicht einmal, du bringst nichts anderes zuwege, als deinen Schlappschwanz in der frischen Luft baumeln zu lassen.«

Inzwischen ist der Bus den Boulevard der Republik hinuntergefahren und hat sich in den Kreisverkehr an der Faidherbe-Straße und die Auffahrt zur Houphouët-Boigny-Brücke eingefädelt.

»Alter«, sagt die Hure (die erwachsene, echte, gestandene), »wir sind friedliche Leute. Wir wollen nichts anderes, als gesund und munter in der Straße Nr. 12 ankommen und dort arbeiten; aber du, du suchst Streit. Wenn du so weitermachst, wird mein Macker dich zur Vernunft bringen. Mein Macker ist keine Schwester, sondern ein Mann, und er macht nicht viele Worte. Er hat alles, was ein Mann braucht: Geld, einen Prügel und den längsten Dolch der Stadt.«

Danach vermischen sich die Stimmen mit der Rüttelei im Bus, dem Lärm im Hafen, der mißtrauischen Stille, die über der Lagune liegt. Beim Plaza-Kino schwillt der Streit an. Auf der Höhe des Denkmals für die tapferen Kriegshelden ist er zu einer x-beliebigen Unterhaltung abgeflaut, die sich zwischen kurzen Wortwechseln und langen Erklärungen bewegt. An der Ecke der Straßen Nr. 12 und 15, als wir uns zum Aussteigen bereithalten, nimmt die Debatte eine Wendung ins Politische: »Wo kommen die denn her?« fragt jemand und mustert uns abschätzig.

»Das sind Guineer«, antwortet ein anderer, »arme Teufel, total am Ende.«

»Die haben wenigstens die Weißen rausgeschmissen.«

»Genau deswegen sind sie auch lieber hier...«

Das Reklameschild der Bar Hélène ist ausgeschaltet. Wir springen über das Brett, das über dem Straßengraben liegt, steigen die steilen und ausgetretenen Stufen hinauf und klopfen an die Tür. Wir hören Démerde auf dem Komposthaufen am anderen Ende des Hofes bellen, wo er sich für gewöhnlich aufhält. Wir klopfen wieder, und Antonine kommt und öffnet uns.

»Wo steckt Idjatou?« fragt Laho.

»In Tanties Schlafzimmer.«

»Du willst uns doch nicht etwa erzählen, daß sie schon schläft!« sagt Habib. »Idjatou, Tantie, wir sind's! Hier sollte eine Fete steigen, und keine Menschenseele ist zu sehen.«

Wir tasten uns durch den Gang, der auf das Grundstück führt. Wir mögen den beißenden Geruch hier, der etwas von der rauhen, aber gutmütigen Seele Tantie Akissis hat. Egal an welchem Tag oder in welchem Monat, immer fühlen wir uns hier bei ihr wie zu Hause. Die einzige Ecke in der Stadt, wo wir den Eindruck haben, daß jemandem an uns liegt. Am Anfang waren wir nur wie ein Gast unter vielen. Unsere Beziehungen zu Tantie sind geknüpft worden wie das Nest der Turteltauben, mit großer Geduld und Sorgfalt. Um ehrlich zu sein, gebührt ihr dafür das Verdienst. Wir haben dazu nur durch das zweifelhafte Vergnügen unserer Anwesenheit, einige Versprechungen, einen Zahlungstermin nach dem anderen für unsere kleinen Schulden beigetragen. So sind wir im Laufe von Wochen zu Freunden geworden und im Laufe von

Jahren fast zu Mutter und Söhnen. Söhne, die zu nichts taugen und die sie, so manchen Ärger hinunterschluckend, gern verhätschelt und verspottet.

Hinten im Hof stehen die durch rostiges Wellblech abgeteilten Latrinen neben einer Reihe strohgedeckter Schuppen, worin sich die Küche befindet und wo die Bediensteten, die Neffen sowie alle ungebetenen Besucher aus dem Dorf untergebracht sind. Gegenüber die Bar. Die Neonröhre hängt lose an der Mauer, die an die Straße Nr. 16 grenzt. Der Eingang zur Bar ist mitten im Hof, wodurch sie eher an ein Wohnzimmer als an einen Ausschank erinnert. Ein Traum, wenn man bedenkt, was Tantie alles auf sich nehmen mußte, um ihr Reich zu errichten. Als sie aus dem Dorf wegging, hatte noch kein Abkömmling ihres Clans einen Fuß auf städtischen Boden gesetzt. Um das zu erreichen, was sie heute geschafft hat, mußte sie für einen Weißen Wäsche waschen, in Adjamé Maniok schälen, in Attiékoubé Aale räuchern und zu Fuß in der ganzen Stadt, die Außenbezirke eingeschlossen, herumlaufen, um Krapfen, Soda und Aloko zu verkaufen. Mit Gottes Hilfe ist sie heute im Besitz der Bar, des Freiluftrestaurants an der Straße (wenn es nicht regnet) und der Färberei für Indigo-Pagnen, dort unten neben dem Komposthaufen, wo der Hund Démerde faul herumliegt und bellt.

»Tantie, was ist denn los?« ruft Laho, während wir vor der geschlossenen Bar im Dunkeln auf und ab gehen.

»Ich wecke Idjatou. Was habt ihr bloß wieder angestellt, ihr Hornochsen?«

»Entschuldige, Tantie, aber wir haben auf einen Landsmann gewartet. Er ist gerade aus Guinea gekommen.«

»Woher auch sonst? Ihr müßt euch bei Idjatou entschuldigen, nicht bei mir, ich will nichts als schlafen. Antonine, schließ ihnen die Bar auf.«

Der eingekaufte Proviant ist unten am Tresen abgestellt worden. Er wurde nicht einmal ausgepackt.

»Warum sollte ich euch überhaupt noch guten Abend sagen?« schimpft Idjatou, als sie einen Augenblick später die Bar betritt.

»Habt ihr es auch ohne uns geschafft, alles einzukaufen?«

»Was hätten wir sonst wohl tun sollen, als wir auf euch warteten?« sagt sie und stellt den Ventilator auf dem Kühlschrank an.

»Nun sei uns doch an deinem Abschiedsabend nicht böse«, sagt Tiobendo.

»Euch böse, ich? Ich bin nur müde.«

»Idjatou, wir haben auf einen Landsmann gewartet.«

»Das ist kein Scherz«, ergänzt Mafing, der sein Renommee, weniger »guineisch« zu sein als die anderen, ins Spiel bringt. »Du weißt sehr gut, daß es nicht zu meinen Gewohnheiten gehört, dir Lügengeschichten aufzutischen. Er heißt Thiam. Thiam, komm her, damit ich dir Idjatou vorstelle.«

»Ich möchte mich nicht unfreundlich erweisen, aber Sie sehen, wie müde ich bin, Bruder... wie war noch gleich Ihr Name? Bruder Thiam.«

Und sie entfernt sich ein paar Schritte, lehnt sich an die Säule neben der Treppe, die zum Abstellraum führt. Arsiké, Habib, Cé Né Gon und Tiobendo versuchen ihr Glück mit weiteren Erklärungen, aber sie murrt, bleibt an die Säule gelehnt stehen, den Blick auf die Risse im Fußboden gesenkt. Ich, ich sage nichts. Ich betrachte sie, und ich denke: Wie erwachsen sie in der letzten Zeit geworden ist! Seit wann ist Elgass tot? Als sie hier auftauchte, war sie keine zwölf Jahre alt. Sie war so jung, so kindlich, so lustig. Das war sie also, Elgass' kleine Schwester. Der alte Junge hatte uns lange von seinem in weiter Ferne lebenden Schwesterchen, das er nie gekannt hat, erzählt. Sie war schon ein Mythos, bevor sie hier war, und als sie dann kam, wurde sie's erst recht. Eines schönen Morgens erschien sie in Mermoz, und wenn ich mich recht erinnere, nahm an diesem Tag die verblüffende Geschichte mit dem Sassa ihren Anfang. Ein von einer so fragwürdigen Reliquie so erregt sprechendes Mädchen nötigte uns ein Lächeln ab. Daß Gegenstände auf den Lauf des Schicksals Einfluß nehmen können, daran zweifelten wir damals. Aber Elgass war schon tot, und die Geschichte vom Sassa kam immer weiter in Umlauf. Ich betrachte sie, und ich versuche, von ihrem Gesicht die Jahre abzulesen, die vergangen sind. Nein, sie ist kein kleines Mädchen mehr. So wie sie jetzt dort an der Säule lehnt, im bleichen Neonlicht, steht sie in voller Blüte ihrer jungen Jahre. Wo hatten wir nur unsere Augen, als diese hochgewachsene Gestalt heranwuchs, kupferfarben, ohne Makel, ohne Verwundungen? Ihre wachen, harten Brüste: Kugeln unter dem Schutzpanzer der Pagne. Ihr lachendes Gesicht, vor kurzem noch so kindlich und jetzt, seht doch nur, so gereift! Die Wangen, die Lippen, der schlanke Hals! Der Blick ist fester geworden, etwas Kaltes und Vernünftiges hat sich in ihre Züge eingeschlichen, um ihre aufkommende Sinnlichkeit zurückzudrängen.

»Ärgere dich nicht, kleine Schwester, morgen bist du ja weg. Komm, liebstes Schwesterchen, schenk uns ein Lächeln...«

Im allgemeinen lacht sie laut los, wenn Tiobendo diesen Ton anschlägt. Aber diesmal Stille; immer noch gegen die Säule gelehnt, immer noch hartnäckiges Sträuben, immer noch ein schwer beleidigter Zug in den Mundwinkeln.

»Komm, Schluß jetzt. Vergib uns unsere Dummheit. Wir wollen uns doch nicht in Unfrieden trennen. Nach allem, was passiert ist, sind wir jetzt schließlich deine Brüder.«

Sie beißt sich auf die Lippen und zieht ihre Pagne, die oberhalb der Brust verknotet ist, ein wenig höher. Sie weiß anscheinend nicht so recht, ob sie weiter gekränkt sein oder uns verzeihen soll.

»Zieh dich an«, sagt Tiobendo. »Wir werden dafür sorgen, daß du diese leichte Hürde schnell vergißt.«

»Gesagt, getan«, meint Arsiké, der es übernimmt, ihren Ohren zu schmeicheln. Ich spüre, daß sie mitmachen wird.

»Ich bin müde.«

»Trink eine Cola.«

»Also gut... Cé Né Gon, schließ den Plattenspieler an! Tiobendo, kannst du den Grill rausholen? Er befindet sich im Abstellraum, neben dem Flaschenregal... Über eines müßt ihr euch aber im klaren sein: Ich werde in Brüssel mindestens zwei Jahre verstreichen lassen, bevor ich euch schreibe, nach allem, was ihr mir angetan habt.«

Von der anderen Seite des Flurs her mischt sich Tantie Akissi ein: »Laßt sie bloß in Ruhe, sonst kriegt ihr's mit mir zu tun.«

»Alles in Ordnung, Tantie. Wir haben sie nur gebeten, sich anzuziehen.«

»Wollt ihr etwa noch mit eurer Fete anfangen, so kurz vor Sonnenaufgang?«

»Es ist erst kurz nach Mitternacht.«

»Und eure Seminare? Euer Examen?«

»Im September gibt's einen neuen Termin.«

»Oh, ihr Guineer!... Und mit wem wollt ihr tanzen?«

»Die Gäste werden schon kommen, jetzt, da die Bar erleuchtet ist.«

»Vorhin waren welche da, und ich habe ihnen gesagt, daß wegen eures Unfugs keine Fete mehr stattfände. Und wenn nun niemand kommt?«

»Dann tanzen wir mit Idjatou und Antonine, wenigstens so lange die sich noch auf den Beinen halten können. Im Anschluß daran reden wir bis zum Morgengrauen und hören Musik. Das gehört sich so bei uns: Wenn einer von uns weggeht, können wir gar nicht anders als ein Abschiedsfest feiern.«

»Spielt ihr auch Awélé?«

»Vielleicht, Tantie.«

Seit wann ist Elgass tot? Der Schmerz ist noch so frisch, daß es mir vorkommt, als wäre er gestern oder gerade eben gestorben. Auch Elgass mußte also sterben. Das hätte niemand erwartet, und doch ist es ein Faktum, für uns bald eine Qual, bald ein schlechter Scherz und nachprüfbar. Der Sarkophag auf dem Friedhof von Abobo und die erdfarbene Grabplatte, wer hätte gedacht, daß Elgass sich dort hinlegen ließe, ohne sich bei den Totengräbern zu beschweren und ein Donnerwettter auf sie loszulassen? Liegt er dort wirklich in seinem Gabardineanzug, mit seinem Tuareg-Armband, seiner Tabaksdose, seiner Flasche Johnny Walker, ein oder zwei Kolanüssen, mit allem also, was ihm lieb und teuer war hienieden und womit wir ihn begraben haben – die Pharaonen hätten ihre Schadenfreude daran gehabt. Und der Sassa? Wer hat die Geschichte vom Sassa bloß in die Welt gesetzt? Wer Gerüchte ausstreut, sollte ans Kreuz geschlagen werden. Ist es unbedingt nötig, daß einen Tag vor Idjatous Abflug alles noch einmal hochkommt? Armes Mädchen. Als wir sie zum erstenmal sahen, war ihr Bruder schon lange Zeit tot und begraben. Wir gingen mit ihr zum Friedhof, und ihr fiel nichts Besseres ein, als uns zu bitten, das Grab zu öffnen, damit sie sähe, wie er gewesen war, denn das einzige Foto, das von ihm in der Heimat existierte, war ein abgegriffenes und vergilbtes Foto aus der Schulzeit. Sie war damals so groß wie ein Mörser und hatte panische Angst, allein mit dem Bus zu fahren.

Sieben, acht Jahre, welch unwägbare Last hat die Zeit auf den tiefen Widersinn seines Grabes gehäuft? Und morgen wieder ein Tag, den es besser nicht gäbe, morgen ist Idjatou nicht mehr da, fortgetrieben von dem verrückten Sog, der schon so viele vor ihr erfaßt hat. Vor ihr haben schon andere Schwalben, Störche und Feuerköpfe auf der Straße nach Paris, Bristol oder New York eine Bruchlandung gemacht und sind, bis auf die Knochen blamiert, mit dem Bazillus des Wahnsinns und Aussatzes behaftet, zurückgekommen. Und, zum Teufel mit dem Heimweh, nach ihr werden noch viele andere in denselben Strom zum leichten Leben springen, in dem wir alle schwimmen, eng aneinandergedrängt, vom Busch bis ins Nichts. Aber seit wann ist Elgass tot? Können wir der Trauer und Sorge, den Versprechen noch Bedeutung beimessen? Schließlich gibt es heute keinen mehr, der sich einen Freiraum eroberte, keinen, der wieder Boden unter die Füße bekäme, keinen, der sich von allem lossagte. Nur noch Routine und Panik, ich wüßte nicht, was uns besser beschriebe. Wie lange noch ein Leben zweiter Klasse? Elgass sagte immer, wir glichen Mermoz: genauso verlassen, genauso brüchig, die gleiche stille Ergebenheit am Rande des Abgrunds. Wenn die Haltestricke und Ankertaue zerrissen sind, was tut man dann mit der unermeßlichen Freiheit, die alles wegschwemmt, Vergangenheit und jeglichen Schwung, die Schmerz, Leidenschaften, Liebesbeziehungen und alle Ufer überflutet? Wir sind nun einmal in der Tretmühle drin. Elgass oder wer auch immer, was spielt das letztlich für eine Rolle. Welche Bedrohung stellt der Tod dar, wenn er ohne Tränen, ohne Zorn, ja selbst ohne eine Schaufel Erde daherkommt? Inzwischen ist Idjatou in den Barraum zurückgekehrt, in eine Kru-Pagne und ein resedagrünes Gewand mit blauen Streifen gekleidet, das Haar in perlengeschmückte Zöpfe geflochten.

»Komm her, Idjatou, damit wir dich endlich Thiam vorstellen. Thiam, hier ist also Idjatou. Wir kennen uns seit dem Gymnasium in Kindia. Da warst du noch klein… Was sage ich, da warst du noch gar nicht geboren. Deine Generation hat das Guinea früherer Zeiten, das wie eine Rhapsodie war, in dem Lieder und Honig flossen, ja nicht gekannt. Ach, deine Kindheit verhält sich zu unserer wie die Früchte des Néré-Baumes zum Eigelb.«

»Stell den Grill an den Eingang, Antonine«, schimpft Mafing. »Wir ersticken im Qualm.«

»Hast du deinen Dudelkasten immer noch nicht angeschlossen, Cé Né Gon? Beeil dich, oder du kriegst nichts mehr von der Sangria ab!«

»An deinem Abschiedsabend wäre das wirklich Pech, Idjatou.«

»Die Studentinnen von Port-Bouët sind gegen acht Uhr vorbeigekommen. Ich habe mich zu sehr geschämt, um mich sehen zu lassen. Antonine hat ihnen gesagt, daß die Fete heute abend wahrscheinlich nicht stattfindet. Ob sie wiederkommen werden? Wenn nicht, geschieht euch das recht, dann bekommt ihr den Abend, den ihr verdient.«

»Vergib deinen alten Brüdern, die zu sehr abgestumpft sind. Es liegt am Alter und am Unglück.«

»Wißt ihr, was wir am besten machen? Aloko-Spieße. Tantie, haben Sie wohl noch ein paar Gemüsebananen?«

»Ja, auch Yams und Maniok. Was braucht ihr?«

»Machen Sie sich keine Mühe, Tantie, wir wissen, wo alles ist.«

»Antonine, sieh im Vorratsschuppen nach, und paß auf, daß du Démerde nicht erschreckst«, sagt Tantie Akissi, ohne sich aus ihrem Zimmer zu bewegen, von wo aus sie normalerweise die Bar mit ihrer vollen und energischen Stimme, die rufen und befehlen gewöhnt ist, in Schwung hält.

»Lassen Sie nur, Tantie«, sagt Idjatou. »Ich gehe selbst. Ich ziehe mir Stiefel an, damit ich mich in dem Dreck nicht beschmutze.«

Sie war ganz allein im Busbahnhof von Adjamé angekommen, wo die Schiffbrüchigen aus der Heimat ans Ufer gespült werden. Jede Stunde kommen neue an, ganz verstaubt und benommen, mit ein paar Lumpen, ein bißchen gutem Willen, wenigen Habseligkeiten, die sie bei dem Abenteuer haben retten können. Als sie in Mermoz anlangte, waren ihre Haare noch ganz ockerfarben vom Laterit der Pisten durch den Busch. Sie trug ein einfaches Hemd und große Bermudas mit einem Blumenmuster – ein kleines Mädchen, das sich auf der Suche nach dem Weg zum Strand in der großen weiten Welt verirrt hat. Sie war am Eingang dem Biafraner Jenkins in die Arme gelaufen, und der hatte sie zu meiner Bude gebracht, wo wir oft zusammen Karten spielten. Elgass' Schwester – was war denn das für eine Geschichte? Elgass hatte uns zwar von seiner Schwester erzählt, aber die, so unsere Vorstellung, hielt sich in der Heimat auf und war noch zu klein, um auch nur eine Aubergine zu ernten. Wie war sie nur ganz allein aus Guinea gekommen? Dieses Land wird noch damit enden, daß es selbst die Neugeborenen ins Exil schickt! Am merkwürdigsten war, daß Habib sie nicht wiedererkannte, er, der doch von sich behauptete, er wäre mit der Familie verwandt. Es stimmt allerdings, daß Habib schon seit einigen Jahren in Bidjan war, dazu kommt noch die Zeit, die er in der Schule von Abengourou verbracht hatte, wo er weiß Gott was unterrichtete... »Wer hat dir gesagt, daß du herkommen sollst?« – »Meine Mutter.« – »Das fehlte gerade noch, deine Mutter!« Wir waren ja noch Fremde für sie, und als wir sie von oben bis unten musterten und sie wie vor einem Disziplinargericht ausfragten, hatte sie zu schluchzen begonnen. »Deine Mutter also, ein kleines Mädchen wie dich?« – »Sie hat mich mit einem Auftrag betraut.« -«Wie, deine Mutter hat dich mit einem Auftrag betraut?« – »Ja, wirklich.« – »Hat sie dir einen Brief mitgegeben, hast du irgendein Beweisstück?« – »Ein Foto.« Wir legten unsere Karten beiseite und stürzten uns auf die armselige Aufnahme. Es war wirklich Elgass. Wir erkannten seine hohen Wangenknochen, seine Augen, die so klein wie die eines Javaners waren, seinen flachen, geradlinigen Mund. »Und was beweist das?« – »Ich habe seine Geburtsurkunde. Seht doch mal, er ist wirklich mein Bruder.« Mir fiel ein, daß die guineische Gemeinschaft nach seinem Tod an die Familie geschrieben, aber niemals eine Antwort erhalten hatte. In Guinea ist man so unabhängig, daß man den Rest der Welt aus dem Atlas streicht. Schreiben ist an sich schon ein ketzerischer Akt, einen Brief ins Ausland schreiben ein schändlicher Verrat. »Dein Foto ist mehr als dreißig Jahre alt. Elgass muß noch zur Schule gegangen sein.« – »Ich habe noch einen anderen Beweis.« – »Laß mal sehen!« – »Er hatte einen Sassa.« – »Einen Sassa, na und?« – »Das ist kein gewöhnlicher Sassa. Er ist mit Ochsenblut gefärbt. Er ist mit einer Doppelreihe kleiner Taschen versehen, sieben im ganzen. Innen ist er mit einer Pythonhaut ausgekleidet. Unten ist ein siebenzackiger Stern eingeritzt. Eine Schnur aus Kokosfasern mit sieben Knoten verschließt ihn. Der Stern bedeutet das Licht, das dem Schäfer seinen Weg weist. Die Zahl sieben ist der Schlüssel zu den Türen des Glücks, sieben Taschen, das sind sieben immer gefüllte Speicher, die sieben Knoten schützen vor den sieben Gefahren, die einem Reisenden drohen: Durst und Hunger, Krankheit und Schande, Demütigung und Knechtschaft, der Wahnsinn, den der Stich eines Skorpions verursacht. Die Python ist der ideale Zufluchtsort für die Geister der Verstorbenen.« –

»Du kennst dich aber aus.« – »Das hat mich meine Mutter gelehrt.« – »Nun sag mal ehrlich: Bist du eines albernen alten Sassa wegen von Guinea bis hierher gereist?« – »Ich soll ihn nach Hause holen.« – »Du hast dich durch den Dschungel geschlagen, du bist auf den LKWs gefahren, die das Holz transportieren, und das alles nur deswegen?« – »Der Sassa, von dem ich spreche, ist der, welcher unseren Clan beschützt. Seitdem er der Familie verlorengegangen ist, sind wir vom Unglück verfolgt worden. Mein ältester Bruder wird im Lager Boiro gefangengehalten, meine Schwestern sind geschieden. Mein Vater hat Elgass nur um zwei Monate überlebt. Eine große Hungersnot steht bevor, ein Schiff wird untergehen, andere Unfälle sind vorhergesagt worden. Wir müssen unseren Stern wiederfinden, irgend etwas da oben will ihn verschlingen, das hat mir meine Mutter gesagt. Ich muß ihn zurückbringen.«

Andere Studenten waren aus ihren Zimmern gekommen, um ihr zuzuhören. Sie fiel in ein verlegenes Schweigen. Dann nahm ich ihr ihre Plastiktasche ab. Wir kamen überein, sie, solange wir noch nicht wußten, was wir mit ihr machen sollten, bei mir unterzubringen, in dem ehemaligen Zimmer ihres Bruders. Dort haben wir, sie, Habib und ich, harte Jahre verbracht, in der brennenden Erinnerung an ihren Bruder. Später hat Habib es vorgezogen, in den Komplex der 220 Wohnungen umzuziehen, wo er sich mit Cé Né Gon und Mafing ein kleines Appartment teilte. Inzwischen war es mir mit Hilfe des Obersts gelungen, ihr eine Stelle als Hostess im Hotel Tiama und eine Unterkunft bei Tantie Akissi zu besorgen. Der Bidjaner Alltag trug seinen Teil dazu bei, daß wir andere Dinge im Kopf hatten und nie mehr von dem Sassa oder von ihrer Heimkehr sprachen. Aber mit einem Mal tauchte er wieder auf, von Geheimnissen und Mißverständnissen umgeben. Im Grunde genommen ist niemand in der Lage, dazu etwas Genaues zu sagen. Wer hätte ihn tatsächlich gesehen? Wer könnte ihn beschreiben? Würde Idjatou gebeten, zu wiederholen, was sie bei ihrer Ankunft erzählt hat, könnte sie sich wahrscheinlich gar nicht mehr daran erinnern. Was die anderen angeht, so messen sie derlei Dingen so wenig Bedeutung bei, daß sie zweifellos vergessen haben, daß davon einmal die Rede war. Aber wer hat das alte Seeungeheuer wieder zum Leben erweckt? Ach was! Es ist einfach typisch für Bidjan, daß ein Sassa, selbst der von Elgass, mehr herumspukt als der Geist seines Besitzers. Daß Elgass zu seinen Lebzeiten große Stücke auf ihn gehalten hat, ist wenig wahrscheinlich. Vergessen wir nicht, daß er schon auf dem Campus wohnte. Den lieben langen Tag über war er mit uns zusammen, in seinem Zimmer hielt er sich nur dann allein auf, wenn er schlief, und das auch erst, nachdem er im Kirirom, im Ambassade und im Bracodi seinen Durst gelöscht hatte. Wenn manche sich zu erinnern meinen, sie hätten den Sassa über seinem Bett hängen sehen, dann nur, weil kürzlich wieder davon gesprochen wurde. Damals hätte jeder darin sowieso nur ein Objekt für Touristen gesehen, von denen es auf den Hügeln Afrikas nur so wimmelte. Eine Feldflasche der Tuareg zum Beispiel, denn er war ja im Niger als Lehrer mit ihnen herumgezogen; ein Bambara-Köcher, denn in Mali hatte er sich zum erstenmal verheiratet; ein Lobi- oder Bobo-Schmuckstück, denn in Obervolta war ihm die Sache mit den gefälschten Banknoten und dem falschen Polizeikommissar passiert; ein Ewe-Fetisch, denn in Ghana hatte er als Goldwäscher gearbeitet... Wo ist er hingekommen, der Sassa? Er muß doch irgendwo sein. Sonst hätte der Clan nicht seine Zeit damit vertrödelt, ein Schulmädchen, das sich eher fürs Himmel und Hölle-Spielen interessieren sollte als für esoterische Tricks, zu drängen, sich auf eine Hunderte von Kilometern lange Reise von zu Hause bis nach Bidjan zu begeben.

»Antonine, hol ein Messer und vergiß nicht, Piment mitzubringen.«

Cé Né Gon ist mit seiner Bastelei fertig und legt eine Platte von Celia Cruz auf: »Siehst du, Schwesterchen«, sagt er, »nun bist du gar nicht mehr böse.«

Er geht auf Idjatou zu, die gerade ihre Stiefel ausgezogen hat, und tanzt ein paar angedeutete Charanga[1]-Schritte um die Säule herum: »Gott verflucht, morgen bist du nicht mehr da. Die gute alte Musik der Tropen wird dir da oben fehlen.«

»Antonine, stell das Bier in den Kühlschrank!«

»Meint ihr, daß noch ein paar Tanzpartner auftauchen?«

»Auch egal, dann bleiben wir eben unter uns, schließlich ist es Idjatous Abschiedsabend... Übrigens, was willst du dort eigentlich studieren?«

»Ich weiß nicht, ich habe mich noch nicht entschieden. Jura, Pharmazie... Wenn ich erstmal da bin, sehe ich weiter.«

»Kannst du mir nichts von deinem Vitamin B abgeben?« fragt Thiam. »Ein UN-Stipendium für Princeton oder Yale stände mir gut an. Elektronik ist Spitze bei denen.«

»Darüber reden wir morgen, wenn ich meine Unterlagen wiederbekomme. Das ist alles andere als einfach, ein UN-Stipendium. Ich habe großes Glück gehabt.«

»Lern erstmal Bidjan kennen, Thiam, bevor du dich weiter hinauswagst«, meint Arsiké.

Die Geschichte vom Sassa hat niemand bisher ernstgenommen. Sicherlich ist sie in der Bracodi-Bar wieder an die Oberfläche gekommen, an einem jener Abende, als wir

1 kubanischer Tanz

unter dem Einfluß von Lärm und Bier zum x-tenmal vom Gymnasium in Kindia redeten. Irgendeinem wird sie einfach so eingefallen sein, und niemand hat dem Aufmerksamkeit geschenkt. Aber am nächsten Morgen war das Unglück geschehen. Seitdem spukt uns die Geschichte im Kopf herum und behauptet einen festen Platz in unserem Gedächtnis, obwohl wir doch Spezialisten sind für alles, was man im Leben vergessen muß.

»Antonine, du hast das Messer vergessen!«

Warum hat Elgass nie davon gesprochen? Hat er ihn überhaupt aufbewahrt, besagten Sassa? Sich mit solch altem Krimskrams zu belasten, sah ihm gar nicht ähnlich. Er war eher gegen Götzen, Reliquien und Nippes. Ehrlich gesagt hatte er überhaupt keinen Hang zur Religion. Elgass sollte einen Sassa mit sich herumgeschleppt haben? Lächerlich, zumindest für diejenigen, die ihn gekannt haben.

»Wir sind alle deine Brüder, vergiß das nicht, Idjatou.«

Als sie ankam, waren wir völlig blank – das ist noch untertrieben. Diejenigen unter uns, die zu den Glücklichen gehörten, die in einer Schule unterrichteten, waren schon seit Monaten nicht mehr bezahlt worden. Ganze Tage vergingen, ohne daß wir ein Stück Brot gegessen hätten. Wir waren damals so ausgehungert, daß uns die Ungeheuerlichkeit, die in ihrem Kommen lag, gar nicht auffiel.

»Antonine, hol das Messer. Bring auch Piment mit.«

Als eine Art Beschwörungsformel hatte Tiobendo auf unseren Türen die schreckliche Devise jener Zeit angeschlagen: »Wer schläft, ißt!« Glücklicherweise konnte sich Mafing bald darauf die Unachtsamkeit des Buchhalters zunutze machen und eine ganze Rolle Frühstücksbons an sich bringen. Mit deren Hilfe konnten wir uns mit Milchkaffee vollschütten und für schwache Stunden soviel Brot wie nur irgend möglich vom Campus abschleppen. Aber Idjatou genügte das nicht. Sie verlangte Reis, Leckerbissen, all die unerreichbaren Schätze, auf die sie in ihrer Naivität verfiel. Wir mußten uns jede Menge Tricks einfallen lassen, um Sirup oder Milch, Corned-Beef oder Nudeln für sie aufzutreiben.

Da ist endlich das Messer. Habib bemächtigt sich seiner, um Fleisch und Zwiebeln kleinzuschneiden, die Yamsknollen und die Bananen zu schälen.

»Antonine, stell die Gläser und die Teller raus!«

»Gott verflucht«, sagt Arsiké, »das ist keine kleine Fete. Wann fliegst du denn?«

»Um zweiundzwanzig Uhr. Um sechs Uhr morgens kommen wir an.«

»Ich hoffe, du wirst am Flughafen abgeholt.«

»Das ist alles geregelt.«

»Idjatou, du mußt unbedingt bei Hammah vorbeigehen. Er wohnt in einer Stadt namens Namur. Er hat auch eine Zwischenlandung in Mermoz hinter sich, aber damals warst du noch nicht dort. Er wird auf dich aufpassen. Europa ist eine Zumutung, selbst für jemanden mit einem Stipendium.«

»Cé Né Gon, leg uns ein bißchen Zaire-Musik auf. Wir stören dich doch nicht, Tantie?«

»Macht euch um mich keine Sorgen, ich könnte sogar schlafen, wenn neben mir Raketen abgefeuert würden.«

Sie hat sich immer wie zu Hause gefühlt, das ist sicher. Sie weinte aus nichtigem Anlaß, sie legte keine ihrer Marotten ab. Ihre Launen, die eines verzogenen Kindes, fanden irgendwo zwischen den Baracken und den Veteranen von Mermoz ohne weiteres ihren Platz. Wenn wir ihr samstags kein Geld fürs Kino gaben, schloß sie sich im Duschraum ein. Es ist wahrlich nicht übertrieben zu sagen, daß wir uns alle Mühe gaben, sie zu verhätscheln. Es fehlte ihr schließlich an nichts, nicht an Klamotten und Spielzeug, nicht an Joghurt und Haselnüssen. Wir taten es für sie und auch, weil wir es Elgass schuldig waren. Guinea verliert alles, was es an Gutem aufzuweisen hat.

»Antonine«, sagt Tantie, die langsam einschlummert, »vergiß nicht, das Messer zurückzulegen, wenn sie es nicht mehr brauchen. Bei Sonnenaufgang muß ich unbedingt damit anfangen, Maniok zu schälen.«

Die Ruhepause zwischen zwei Platten nutzt die Stadt, um mit aller Wucht durch die Jalousien über uns hereinzubrechen, ganz Treichville gellt uns in den Ohren. Und morgen erst, was für ein Höllenlärm wird da herrschen, Hupkonzerte und Klatsch, Zaire-Rumba und ghanaischer High-Life, morgen, wenn sie abgeflogen ist. Aber nein, Treichville kann nichts erschüttern, immer wird es nach Gegrilltem und nach Sex riechen, nach Rost und nach Staub schmecken.

»Idjatou«, sage ich, »wenn du deine zweihunderttausend wiederbekommen hättest, hättest du heute weniger Sorgen... Nicht wahr, Habib?«

Da ist gerade das melancholische *Nosotros* von Abelardo Barosso auf den Plattenteller gelangt, und wir fangen alle an mitzusingen. Habib sagt, wir könnten uns jetzt bedienen, dann kümmert er sich wieder um das Grillfeuer.

»Antonine, vergiß ja nicht das Messer!«

»Mir fällt gerade ein«, sagt Laho, »wir könnten Jeannine und ihre Cousinen holen, sie wohnen ganz in der Nähe.«

»Nein, ich habe beschlossen, daß ich heute abend eure einzige Tanzpartnerin bin. Das ist meine Art, euch für alles, was ihr für mich getan habt, zu danken.«

»Tu, was dir beliebt, liebstes Schwesterchen, besonders am Abend vor deiner Abreise.«

»Am Abend? Auf meiner Uhr ist es ein Uhr dreißig!«

»Die Stunde, zu der es in Treichville Mittag schlägt.«

»In wenigen Stunden hast du die Tropen und das Elend hinter dir gelassen. Und wir sind auch in Zukunft für dich das, was Elgass vorher für uns gewesen ist, das heißt Brüder. Viel Glück, Idjatou.«

»Danke, Tiobendo, euch allen danke. Einen Teil von euch nehme ich mit mir. Ich nehme an, ihr gedenkt mir bald nachzukommen.«

»Seit Jahren gedenken wir… aber unsere Schulden und unsere Nachlässigkeit – man weiß nicht, welches Verhängnis uns mit jedem Tag mehr in die Fangarme Bidjans treibt. Träume und Reisen, das ist etwas für die Jugend; was uns angeht, wir schaffen es höchstens noch, eine Tour um die Lagune zu machen.«

»Auch auf diesem Gebiet kann uns Elgass als Vorbild dienen«, sage ich. »Ist euch aufgefallen, daß er niemals von Europa oder Amerika sprach? Als er nach Bidjan kam, hatte er seine Abenteuer schon hinter sich. Er sagte immer, daß es zwischen dem Sahel und dem Äquator soviel zu sehen gäbe, daß die Welt gar nicht größer sein müßte.«

»Stell dir vor, Idjatou«, sagt Habib, »wir haben den Libanesen im Drugstore gesehen, während wir auf Thiam warteten.«

Idjatou war vermutlich noch nicht geboren, als Elgass ein Hühnchen zu rupfen hatte mit dem Unteroffizier in Mali, dem Vorarbeiter in Mauretanien, dem Tuareg-Chef in Niger, dem Staatsanwalt in Ghana, den Beamten im Kongo… Er war nicht geflüchtet, man hatte ihn auch nicht vertrieben. Er verließ Guinea freiwillig, sowohl aus Ärger als auch aus Abscheu und, wenn man es richtig bedenkt, aus einer genialen Vorahnung heraus. Die Unabhängigkeit, der er seine Jugend geopfert hatte, erschien ihm von Anfang an schwammig, schwächlich, bitter. So sehr er es auch versuchte, er fand sich darin nicht wieder. Die erhoffte Veränderung trat auch wirklich ein, aber am falschen Ort. Tatsächlich entwickelte sich ein neues Organ, aber verkehrt. Er hatte ein Neugeborenes erwartet, stand aber vor einem Monster. Mitten im Hurrageschrei und Siegesrausch gingen ihm als einem der ersten die Augen auf. Die Maskerade war dergestalt, daß man sich nach dem schlimmsten Machtmißbrauch der Weißen zurücksehnte. Sie bestand im Grunde genommen nur aus einem verheerenden Handel mit Fleisch und Fett, wobei man Gefälligkeiten und Aufopferung gegen Posten und Pfründe tauschte. Bahnhofsvorsteher wurden Präfekten, kleine Angestellte Minister, Gerichtsschreiber Richter. Wer immer ein Loblied auf Weißbubu sang, konnte von Rechts wegen absahnen. Doch das Land war blind und schamlos und wollte nichts sehen. Es sprang vor Freude in die Luft und nahm in kindlichem Stolz den Mund voll. Die Leute waren glücklich über Weißbubu, sein Lächeln, seine schimmernde Haut, die Haut eines falschen Mandingo-Kriegers. Er fuhr in einem offenen Wagen durch die Dörfer und brach sich Bahn durch die Menschenmengen wie weiland Chlodwig, als er nach seinem Sieg in Vouillé auf den Schild erhoben wurde. Elgass hatte dieses Lächeln zu schön, zu glatt gefunden, es hatte ihm Angst gemacht. Er hatte es vorgezogen, sich woanders umzusehen: in Mali, in Niger, im Kongo... Übrigens herrschte in diesen Gegenden nicht gerade Mangel an Unabhängigkeit.

»Warum erwähnst du mir gegenüber den Libanesen?«

»Antonine, gib mir das Messer!«

Jemand klopft an der Tür: »Ist eure Bar offen oder geschlossen?«

»Geschlossen«, sagt Tiobendo, die Hände als Sprachrohr vor dem Mund.

»Was macht ihr denn da drin?«

»Wir wohnen hier, und du?«

»In Grand-Bassam.«

»Dann sieh zu, daß du nach Hause kommst, Bruder.«

»Ich mache, was ich will. Hat dein Vater Treichville erbaut, oder was bildest du dir ein?«

Das Wortgeplänkel, bei dem wir den Durstigen, der die Tür eintreten möchte, verspotten, geht noch eine Weile weiter. Die Bar Hélène ist nur sonntags geschlossen. In der ganzen Stadt ist sie für ihren Sound und ihre Animiermädchen bekannt. Die Abende ziehen sich dort manchmal bis zehn Uhr morgens hin, so daß nach Mitternacht die Gäste aus den umliegenden Bars, von der Königin-Pokou-Avenue und dem Boulevard Nanan-Yamoussoy, herkommen, um einen zu trinken, Kédjénou[1] oder Attiéké zu essen und, wenn sie gut gekleidet und begütert sind, mit einem von Tantie Akissis Mädchen zu verschwinden.

»Antonine, das Messer!«

Es ist zwei Uhr morgens, die Stunde, zu der die Straße Nr. 16 zum Leben erwacht. Am Straßenrand Frauen, die Gebäck feilbieten; Schnüffler, Komödianten und Märchenerzähler am Springbrunnen nicht weit vom Parkhaus des Hotels Palmyre; auf den Straßen Fahrräder, Mopeds, Karren, jede Menge Autos; vor den Schönen im Bordell Lebemänner, Säufer, Freier. Das barocke Festessen von Treichville: Die Spelunken haben geöffnet, in den Nischen triumphiert die Lust.

»Ich weiß nicht, weshalb du mir gegenüber den Libanesen erwähnst, Habib.«

»Hör auf, Idjatou, stell dich nicht so an. Ich habe einfach so von ihm gesprochen, ohne mir etwas dabei zu denken.«

1 ivorisches Gericht mit Hühnerfleisch

»Es bleiben nur noch wenige Stunden bis zum großen Abschied, laßt uns also mit eurem Libanesen in Ruhe«, regt sich Tiobendo auf.

Um halb drei setzt der Regen wieder ein. Weit entfernt ist er hier nie. Er liegt auf der Lauer hinter den Bäumen und bei den Wänden der Schuppen. In dem Augenblick, wo man nicht mehr an ihn denkt, fällt er prasselnd zu Boden. Dann kehrt sich alles ins Gegenteil: Das Meer geht hoch, die Lagune wird schwarz, Lastkähne und Schaluppen schwanken wie Glocken hin und her. Wenn es in Bidjan regnet, schüttet es aus allen Kübeln. Der Regen überfällt die Stadt, er läßt ihr keine Chance. Er lenkt ihre Aufmerksamkeit ab, um ihre Dächer und Kaschemmen mit sich zu reißen. Aber das dauert nie lange, in kürzester Zeit hat sich alles wieder beruhigt. Bidjan ist eine Stadt für das Vergängliche. Dank seiner Lage ist der Ort wie geschaffen für Begierde und Bluff. Ein Sodom, das der Wald verabscheut, wirft Bidjan sich dem Verlangen und dem Meer in die Arme. Wie sich die Stadt, weich und wollüstig, an den Ufern auszudehnen versteht! Das Plateau. Treichville: Mossi-Wächter, Fulbe-Straßenhändler, Drogerie-Artikel feilbietende Mandingo, amerikanische Abenteurer, koreanische Matrosen, ghanaische Zuhälter, Huren aus aller Welt, das ist Treichville, das zwischen der Umgehungsstraße von Marcory und der Kreuzung France-Amérique, zwischen dem Kanal von Vridi und den spitzwinkligen Lagerhäusern am Hafen überbordet, stinkt, betrügt, überlebt – in Erwartung welcher Sintflut?

»Reden wir nicht mehr vom Libanesen.«

Welche Platte dreht da auf dem Teller? Hoffentlich stürzt unter dem Ansturm von Wind und Hagel nicht das Dach ein.

»So ist es viel schöner. Wenn noch andere Gäste da wären, hätten wir in unseren letzten gemeinsamen Stunden nicht soviel von dir. Morgen bist du in Brüssel und wir in den wurmstichigen Baracken von Mermoz. Du bist ein Glückspilz, Schwesterchen, du mußt deine Chance wahrnehmen; dort hast du wenigstens noch eine.«

Der Regen scheint nun endlich aufzuhören. Der Wind bläst nicht mehr auf der Trompete. Auf dem Dach erklingen Klaviertöne. Noch ein Beckenschlag, dann bringt der Spaßvogel Wagner, der da oben den Zusammenklang der Elemente dirigiert, Pauken und Trompeten mit einem grandiosen C-Dur-Schlußakkord zum Schweigen. Jetzt vernimmt man wieder die Musik, die sich auf dem Plattenteller dreht: Den schönen alten Song von Kabalé, dem Sänger aus Zaire, wie lange haben wir den schon nicht mehr gehört! Ein letzter Windstoß will die Eingangstür aus den Angeln heben und wirbelt Asche auf die Tische und auf den riesigen Kühlschrank.

»Wir sollten aufhören zu tanzen und endlich essen. Wie wäre es, Antonine, wenn du uns den Topf Attiéké brächtest?«

»Einverstanden, essen wir erstmal, wir haben noch den ganzen Tag zum Tanzen. Dein Flugzeug fliegt um zweiundzwanzig Uhr, nicht wahr?«

»Aber«, sage ich, »ich habe eine Prüfung in öffentlichem Recht...«

»Du kannst Diplome sammeln, soviel du willst; solange das Regime am Ruder ist, liegst du trotzdem auf der Straße. Wir brauchen keine Diplome, wir brauchen Waffen.«

Waffen... Elgass hat uns das wieder und immer wieder eingetrichtert. Elgass ist tot, und die Heimat wird sterben, umso besser! Tiobendo bildet sich ein, er müsse bei jeder Gelegenheit witzig sein: »Was mich angeht, ich kenne nur eine Waffe«, sagt er. »Antonine, wo hast du den Flaschenöffner?«

»Soll ich euch das Attiéké auffüllen?«

»Setz dich hin, Schwesterchen, für unsere Verspätung schulden wir dir heute abend eine kleine Wiedergutmachung.«

»Bei euch wundere ich mich über gar nichts mehr.«

»Nur zu, kleine Schwester, sag deinen Brüdern, diesen Vollidioten, noch einmal richtig die Meinung, du hast dazu nur noch wenige Stunden Zeit. Morgen bist du so weit von uns entfernt, daß du dich trotz deines guten Herzens nicht mehr an uns erinnern wirst.«

Und Tanties verschlafene Stimme, ein nervöses Glucksen, halb Aufstoßen, halb Husten, wobei man nicht ausmachen kann, ob sie ungeduldig ist oder ob sie träumt: »Antonine, gib mir das Messer!«

Ich werde also anstandshalber und zum x-tenmal die Prüfung für öffentliches Recht machen und mich abends den anderen anschließen, um Idjatou zum Flughafen zu begleiten. Es ist eine geheiligte Tradition, diejenigen, die weggehen, am Flughafen zu verabschieden. So war es bei Foulédi, bei Manowi, bei Maninkadio, bei Sossohoun. So wird es auch bei Idjatou sein, mit dem bemerkenswerten Unterschied, daß sie uns nicht nur zu einem Abschiedstrunk, sondern zu einer richtigen kleinen Abschiedsfete eingeladen hat, die durch unsere blöde Verspätung fast geplatzt wäre. Sicherlich hat sie heimlich geweint, als sie auf uns wartete. Sie braucht ihre Tränen als einen anderen Menschen unzugänglichen Zufluchtsort. Aber sie sind immer nur ein kurzer physiologischer Vorgang, der ihr die Augen unter Wasser setzt, um Wut und Verbitterung fortzuspülen. Jetzt ist es vorbei, sie hat alles vergessen, sie hat sich sogar ein Glas Wein genommen, was ihr erst ein- oder zweimal im Leben passiert ist.

»Cé Né Gon, leg uns eine Platte mit Kora-Musik auf.«

Cé Né Gon hat eine Platte von Soundjoulou, dem Kora-Spieler aus Gambia, aufgelegt.

»Das wird mir in Brüssel fehlen... Ich schreibe euch jeden Tag.«

»Tanz einen Tégué für uns, das ist so üblich, wenn jemand fortgeht.«

Aber sie tanzt keinen Tégué, das ist ihre Rache. Den Tégué tanzt man für nette Menschen, aber sie findet uns eigentlich immer noch ziemlich gemein. Als sie noch neu hier war, tanzte sie ihn oft im Hof von Mermoz, um sich die Zeit zu vertreiben. Damals hatte sie die Energie eines kleinen Jungen. Sie spielte gern Basketball auf dem Platz, der im Westen an die Umzäunung grenzt. Einmal ist ihr Ball wahrscheinlich auf den Hof der Engelchen gefallen, und als sie ihn wiederholte, wird sie die Krankenschwester kennengelernt haben. Diese gewann sie lieb. Sie reichte ihr Kekse und Corned beef über die Umzäunung. Dann brachte sie ihr Nähen und Stricken bei. Sie gab ihr auch Unterricht in Englisch und auf dem Gebiet der Ersten Hilfe. Aus dieser Zeit rührt das guten Morgen der Krankenschwester, worauf ich so stolz bin... Nach Soundjoulou ist Cé Né Gon zu *Pinar del Rio* übergegangen, dem Hit von Celia Cruz, dann ist *Como el Macao* von Sonora Matancera an der Reihe, und wir haben angefangen, von dem uns so teuren Gymnasium in Kindia zu reden und von Fodé, einem Kameraden, der in der Heimat geblieben ist und der ein Fan kubanischer Musik war.

»Schwesterchen«, sagt Laho, »hier sind die Geschenke, die wir dir zu deinem Abschied überreichen. So nimmst du ein bißchen von Afrika mit dir mit, wenn auch die derzeitigen Verhältnisse eher bescheiden sind. Hast du übrigens etwas Geld, um die Zeit zu überbrücken, bis du dein Stipendium ausbezahlt bekommst?«

»Kaum... Klar, wenn ich die zweihunderttausend hätte, wäre das anders.«

»Also, Habib?« sagt Tiobendo.

»Ich werde sie ihr in Kürze schicken.«

»Das hatten wir so nicht abgemacht«, sagt Arsiké.

»Ihr kennt ihn doch«, sagt Mafing, »er schickt überhaupt nichts.«

»Wenn ich dich recht verstehe, handelt es sich um die berühmten zweihunderttausend?« sagt Laho, der sich am wohlsten fühlt, wenn er den Ahnungslosen spielen kann. Es geht um eine Geschichte, die mit Elgass' Beerdigung ihren Anfang nimmt...

Als Elgass gestorben war, verließ Habib das Kaff Abengourou und kreuzte bei uns auf. Er gab sich als naher Verwandter des Verstorbenen aus und wurde deshalb mit der Abwicklung der Trauerfeierlichkeiten beauftragt. Elgass hinterließ nur ein paar alte Kleidungsstücke, Bücher und verschiedene Gegenstände ohne größeren Wiederverkaufswert, die er in den diversen Ländern aufgelesen hatte. Dazu, und das hatte alle in Erstaunen versetzt, ein Sparbuch im Wert von dreihunderttausend. Hunderttausend wurden für die Trauerfeierlichkeiten und zur Begleichung der Trinkschulden verwandt, die er in der einen oder anderen Kneipe von Treichville und Adjamé hatte. Der Rest wurde Habib anvertraut mit dem ausdrücklichen Auftrag, ihn der Familie zukommen zu lassen, was er getan hatte, wie er uns versicherte... bis zu dem Tag, als Idjatou erschien.

»Also, Habib?« sage ich.

»Sie kriegt ihr Geld schon!«

»Wann?«

Dieses »Wann«, das meinem Mund entschlüpft ist, bleibt in der Schwebe, genauso wie die Geschichte vom Sassa, genauso wie die lächerliche, niemals geregelte Erbschaftsangelegenheit, genauso wie der Regen, der nur aufgehört hat, damit er von neuem anfangen kann.

»Wie ich gehört habe, bist du von der Loba-Schule, wo du unterrichtet hast, weggegangen«, sagt Arsiké. »Wovon willst du denn deine Schulden bezahlen?«

»Ich werde den Kindern von Va Moussa Nachhilfeunterricht geben. Unterricht zu Hause wird besser bezahlt, als wenn man in der Schule arbeitet, wo man ausgesaugt wird, ohne daß man jemals Geld dafür sähe. Gebt mir Aufschub. Sie kann nach Brüssel fliegen, ohne daß sie sich Sorgen machen muß. In einem Monat oder zwei habe ich ihr das Geld gezahlt.«

»Zunächst mal, wer ist Va Moussa?« fragt Tiobendo mißtrauisch.

»Ein großes Tier in Cocody, der Leiter des Finanzamtes, glaube ich.«

»Steuern sind nicht unbedingt etwas, wovon ein Guineer leben könnte.«

»Mach die Musik wieder an, Cé Né Gon«, sagt Laho. »Wir legen zusammen, dann können wir ihr die zweihunderttausend schicken.«

»Gebt mir doch etwas Zeit, um meinen Fehler wiedergutzumachen.«

»Habib, auf dich kann man sich niemals verlassen!«

Die Schwüle, der Geruch von Zwiebeln und Rauch, das reichliche Bier, die ich im Drugstore in mich hineingeschüttet habe? Ich weiß nicht, was mich überkommt: Ich spucke ihm ins Gesicht und schütte ihm den Inhalt der Flasche über den Kopf, die ich gerade in der Hand halte. In der Heimat kannten wir uns nicht. Dennoch habe ich ihn bei mir aufgenommen, als er aus seinem Kaff Abengourou auftauchte. Ich konnte damals gar nichts anderes tun, das ist wahr. Ein ungeschriebenes Gesetz besagte, daß jeder Abenteurer, den es nach Mermoz verschlug, dort eine Matratze und einen Kanten Brot (einen Mensabon bzw. an guten Tagen eine Schüssel Maffé-Reis) fände. Und ich hatte absolut keine Veranlassung, einem Landsbruder, noch dazu einem Cousin von Elgass, Mißtrauen entgegenzubringen.

Wie konnte es geschehen, daß in sieben Jahren Misere niemand an die zweihunderttausend gedacht hat? Auch diese Geschichte hatten wir einfach beiseite gelegt. Aus Pessimismus oder weil man der Sache überdrüssig war, wie üblich. Das Exil ist kein Schlupfwinkel der Angst, wie man immer glaubt. Es ist auf seine Weise ein Stück Ferien. Nichts ist mehr wirklich wichtig. Was man als lästig empfindet, das schafft man sich aus den Augen, und dann steckt man wie der Vogel Strauß den Kopf in den weichen Sand der Willenlosigkeit.

Dieser Affäre maßen wir nicht unbedingt große Bedeutung bei. Nicht mehr als dem Schlamm von Mermoz und dem Wasser aus der Zapfstelle von Nr. 6, mit dem wir uns vollschütten, um das Hungergefühl zu betäuben. Ich weiß nicht, warum ich heute abend, dem Abend vor Idjatous Abreise, wieder damit herausgekommen bin. Wahrscheinlich ist es einfach zu einer unserer Gewohnheiten geworden, die Dinge gären zu lassen, sie dann ohne jeden Grund wieder hervorzuholen, nur um einen lang gehegten Groll zu entfachen. Eine diebische Freude erfüllte mich, als ich das tat, und auf der Zunge lag mir der süßliche Geschmack des Hasses. Ein unterschwelliger Haß, der der Vorstellung, die ich von mir hatte, nicht im geringsten entsprach. Mit Habib verbindet mich so vieles! Sicherlich hat es zwischen uns auch Reibereien gegeben, insbesondere an dem Tag, an dem wir uns versammelt hatten, um Elgass' Nachfolger, den neuen Wortführer der guineischen Gemeinschaft von Bidjan, zu wählen. Nichts Schlimmes. Wir hatten uns beide zur Wahl gestellt, und er hatte mit knapper Mehrheit den Sieg davongetragen. Ich nahm es übel, das ist wahr, daß man bei einer so wichtigen Funktion einen Unbekannten, der eben erst aus Abengourou gekommen war und sich als Elgass' Cousin ausgab, mir vorgezogen hatte. Ich hatte übrigens nicht versäumt, meine Ansicht dazu zu äußern. Dann wurde der Vorfall begraben, und wir teilten während der folgenden Jahre ohne viel Zank und Streit sowohl die Bude als auch das Ungemach. Jetzt, da der sinnlose Haßausbruch zum Erliegen gekommen ist, fühle ich mich ganz eigenartig. Ich zwinge mich zu denken, daß das wirklich ich bin, der hier steht, an den Tresen der Bar Hélène gelehnt, und daß ich hier bin, um Aloko zu essen und Bier zu trinken. Aber tief in meinem Innern fühle ich, wie mich eine Art Scham überflutet, und ich habe eher den Eindruck, daß ich nichts anderes bin als ein riesiger, den ungenierten Blicken der anderen ausgesetzter Schamfleck.

»Tanzt du nicht? Dabei habe ich extra für dich eine Platte von Monguito aufgelegt!«

Über mein Schweigen empört, nimmt Cé Né Gon die Platte von Monguito herunter und legt Kora-Musik auf. Und ich, ich tue nichts anderes, als daß ich mich schräg von den anderen hinsetze und, um ihren Blicken und ihrem Schweigen auszuweichen, in der Kora-Musik Zuflucht suche. Aber die Kora unterbricht das Schweigen nicht, sie höhlt es aus, sie vertieft es. Im Grunde genommen möchte ich Habib um Verzeihung bitten… Ich erhebe mich, gehe auf den Ventilator zu. Ich öffne den Kühlschrank, nehme ein Bier heraus. Auf dem Weg zurück zu meinem Platz gehe ich um die Säule herum, in Richtung Tür, am Grill vorbei, neben dem Habib sich niedergehockt hat. Ich möchte ihm auf die Schulter klopfen, ihm ins Gesicht sehen und ihm ein für allemal sagen: »Vergiß es. Du weißt ja, daß das alles ungereimtes Zeug ist. Die seltsamen Launen der Guineer.« Aber meine Hand verweigert mir den Dienst. Ich verharre den Bruchteil einer Sekunde, um die Glut zu betrachten, dann bücke ich mich und nehme ein Stück Leber von dem Teller, der zu Füßen des Grills steht. Ich denke: »Los, klopf ihm auf die Schulter, mach einen harmlosen Scherz und sag ihm, daß alles nicht so gemeint war.« Statt dessen gehe ich über die Treppe nach draußen und begebe mich zur Toilette am anderen Ende des Hofes, in der Nähe des Komposthaufens, wo Démerde gern Männchen macht. Und plötzlich überkommt mich eine furchtbare Beklemmung.

Eine doppelte Wellblechwand trennt diesen Teil des Grundstücks vom Rest der Stadt. Der Wind pfeift, und die Mäuse rascheln in den finsteren Ecken; es ist mir unheimlich zumute in dem Loch, in das ich mich verkrochen habe. Eine ganze Weile stehe ich da, über die Kloschüssel gebeugt, ohne zu wissen, ob ich mich erleichtern oder zur Fete zurückkehren soll. Ich nehme meinen Fuß vom Schüsselrand und sage mir, ja, ich werde mich jetzt wieder zu den anderen gesellen. Aber ich bleibe, wo ich bin, das Gekrabbel der Kakerlaken auf dem Dach des Verschlages hält mich zurück. Von der Stadt höre ich nur ein fernes, immer schwächer werdendes Gemurmel, so als wollte selbst sie sich zurückziehen, um mich mit meinen Unannehmlichkeiten allein zu lassen. In diesem Augenblick taucht ein menschlicher Schatten in dem Lichtstrahl auf, den die Beleuchtung der Königin-Pokou-Avenue herüberwirft.

»Das hättest du nicht tun sollen, Badio. Das werde ich dir nie verzeihen.«

Habib! Ohne ein weiteres Wort geht er in den Barraum zurück. Ich denke: »Er blufft bestimmt«, und gehe hinter ihm den Gang entlang. »Er zieht seine Show ab, damit ich mich bei ihm entschuldige.« Was ich, also gut, tun werde, sobald ich wieder im Barraum bin... Als ich aber eintrete, sehe ich, wie er auf die Säule zustürzt und in die Hände klatscht: »Ruhe! Jetzt bin ich dran, ich habe euch etwas zu sagen!«

»Laßt uns doch endlich in Frieden mit euren zweihunderttausend«, sagt Tiobendo, »das sind alte Geschichten, typisch für die Guineer, könnt ihr uns nicht damit verschonen? Die Kleine kriegt dort, wo sie hingeht, noch genug Hunderter und Tausender. Unseren Segen hat sie.«

Habib geht zum Grill zurück und wühlt in einer Leinentasche, die neben einem Haufen Spieße liegt. Dann kommt er wieder in die Mitte des Raums; unter seinem Hemd verbirgt er irgend etwas. »Zur Hölle mit den verdammten zweihunderttausend!« sagt er. »Seht euch mal lieber diese schöne große Flasche Champagner an! Nein, wir Guineer sind von Natur aus nicht kleinlich... Ich widme sie unserer Schwester, ihrem Wohlergehen, ihrem Studium. Und nun halten wir die Schnauze und öffnen die Flasche!«

»Gut gemacht, Habib, kleine Gesten erhalten die Freundschaft.«

»Das ist noch nicht alles. Seht dieses Schmuckstück! Man kann es kaum in der hohlen Hand halten, aber es ist pures Gold aus Mali, das kostbare Juwel unserer Savannen, und es ist für unsere kleine Schwester... Was die zweihunderttausend angeht, die bekommt sie, mein Ehrenwort, sobald mir Bidjan ein wenig lächelt. Sagt ihr, daß ich auch weiterhin ihr Cousin sein will, selbst wenn jetzt jeder weiß, daß ich das in Wirklichkeit gar nicht bin.«

»Was ist daran so schlimm?« sagt Laho. »Entkorke das gute Stück; jetzt fängt die Fete erst richtig an!«

Wir haben die Flasche geleert, die Spieße und das Attiéké aufgegessen, die letzten Reste des Aloko ausgekratzt und Salsa getanzt. Demzufolge habe ich den Gedanken, mich zu bessern, vollständig aus den Augen verloren. Später haben einige, über die Tische hängend oder auf den Tresen gestützt, angefangen, vor sich hinzudösen.

»Stell die Musik wieder an, Cé Né Gon, das macht sie munter.«

»Schluß für heute, man muß auch mal ein Ende finden können.«

»Sollen wir uns was erzählen?«

»Wir sind doch keine kleinen Kinder mehr; hören wir lieber Radio.«

»Oder sprechen wir von der Heimat«, sage ich, »das ist umwerfender als eine Menagerie dummer Puten. Nicht wahr, Habib?«

Ohne mir zu antworten, begibt er sich zu einem an der Wand hängenden Flaschenregal. Er steigt auf einen Schemel und holt von oben ein Awélé-Spiel herunter, von dem er den Staub bläst. »Awélé-Spiel, Todesspiel!« sagt er und knallt das Holzbrett vor mich hin. »Hast du gehört, Badio? Todesspiel!«

»Oh ja, los, laßt sehen, wer stärker ist«, sagen die anderen, die sich gierigen Blickes dem Spieltisch nähern.

Da ich weiß, daß Habib mir auf diesem Gebiet haushoch überlegen ist, wiederhole ich mit leicht zitternder Stimme: »Awélé-Spiel, Todesspiel.«

»Heraus mit dem Wort, dem Wort des Todes!«

»Heraus mit dem Wort, dem Wort des Todes.«

»Hinein in die Hölle mit dem, der lügt?«

»Hinein in die Hölle mit dem, der lügt.«

Die anderen lachen und gruppieren sich, je nach dem, wen sie für den Favoriten halten, um Habib und mich. Wir setzen uns gegenüber, und er macht sich bereit, die Spielsteine auszuteilen. Der Ventilator ist stehengeblieben, und Cé Né Gon hat die Platte von Belisario Lopez vom Plattenteller genommen, der sich nun lautlos weiterdreht. Ich fahre mir mit der Hand über die Stirn und wische mir den Schweiß ab, ungefähr ein Glas voll. Das Awélé-Brett kommt mir vor wie die Hälfte einer Schildkröte, die man in der Mitte aufgespalten hat, die zwölf Löcher und die beiden Vertiefungen, worin die Steine liegen, wie mißgestaltete Auswüchse unbekannter Eingeweide… Zu spät, ich kann nicht mehr zurück. Auf meinen Schultern spüre ich das ganze Gewicht ihrer Blicke. Ich sehe auf zu Idjatou, aber sie lehnt an der Säule und verfolgt das Geschehen, als handle es sich um ein einfaches Glücksspiel. Habib knotet den Beutel auf, in dem sich die Spielsteine befinden, und zieht kräftig die Nase hoch. »Was nimmst du? Die 2-3 oder die 2-4?«

»Die 2-3«, sage ich, meine Stimme nur mühsam beherrschend, »das ist spannender.«

»Dein Schiedsrichter?«

»Mafing. Und deiner?«

»Arsiké.«

Er schüttet die Palmkerne auf den Tisch und verteilt sie, vier pro Loch, wie es die Spielregel verlangt. Arsiké und Mafing rufen der Form halber die Spielregeln ins Gedächtnis: »Wie viele pro Spiel?«

»Fünf Runden«, sage ich. »Und Gesamtsieg mit dem ersten Spiel.«

»Und worum spielt ihr?«

»Um die Wahrheit«, beeilt sich Habib zu antworten.

»Spiel der Wahrheit, Spiel unter Eid!«

»Spiel unter Eid«, wiederholen wir im Chor.

»Du kommst nicht gegen ihn an«, flüstert Laho mir zu – als ob das ausreichte, um mich aus der Patsche zu ziehen! »Er hat sich mit den besten Spielern von Abengourou gemessen.«

»Antonine«, hallt es durch die Wand, »hol das Messer!«

»Tantie Akissi hat es nicht gern, wenn nachts Awélé gespielt wird«, sagt Antonine.

»Das sagt sie aus Gewohnheit«, sagt Mafing. »Sie ist eben abergläubisch.«

»Wo wir nun schon einmal dabei sind...«, fügt Arsiké hinzu.

»Das Spiel ist an keine Tageszeit gebunden«, brüllt Tiobendo. »Ob um fünf Uhr morgens oder abends um acht, man setzt immer dieselben Spielsteine. Auf geht's, ihr Böcke! Wir wollen sehen, was ihr im Sack habt.«

»Wir gebrauchen zum Spielen unseren Kopf«, sagt Habib, der mit feierlichem Ernst die Spielsteine in die Hand nimmt, »nicht das, was du denkst, Tiobendo. Badio, du bist als erster dran.«

»Da«, sage ich, indem ich mein Loch Nr. 5 spiele, um mich gegen jede Überraschung zu wappnen.

»Gut, gut.« Und er spielt sein Loch Nr. 2.

»Du könntest dich an Diallo wenden«, sage ich, um meine schwache Position zu überspielen.

»Danke! Du weißt besser als ich, daß Diallo nie mehr aus zehntausend verleiht.«

»Und der Samurai?«

»Danke für den Hinweis, Monsieur Berater! Ausgerechnet der Samurai, der kaum genug verdient, daß er eine Heuschrecke ernähren könnte...«

Er spielt sein drittes Loch. Das ist seine typische Spielweise: die Innenlöcher spielen, um den Gegner abzulenken, und im letzten Augenblick dann seine Steine zu einem unangreifbaren Krou zusammenlegen.

»Spiel, Badio«, sagt Mafing. »Sonst strafe ich dich mit einer Runde Aussetzen.«

»Du Vollidiot«, sagt Arsiké zu mir. »Er spielt das erste Loch statt des zweiten. Du hättest fünf Zweier für dich verbuchen können statt vier. Wo hast du nur deinen Verstand?«

»Antonine, gib mir das Messer! Sie will mich erwürgen, sie will mir Gift einflößen!«

»Weck sie, Antonine«, sagt Tiobendo., »sonst tut sie sich noch weh.«

»Das darf man gerade nicht machen! Sie könnte einen Anfall erleiden.«

»Ich habe noch nie gehört, daß jemand im Schlaf spricht und gleichzeitig schnarcht«, sagt Thiam.

»Ein einziges Mal«, sagt Antonine, »habe ich es gewagt, sie aufzuwecken. Damals im Dorf. Sie ist aufgestanden und in den Wald gelaufen, dabei redete sie in allen möglichen Sprachen. Ihre Augen blieben geschlossen, aber sie erkannte alles... Es hat drei Tage gedauert, bis sie wieder gesund war. Der Heiler hat gesagt, wenn das noch einmal passieren würde, gäbe es kein Zurück mehr, es stände zu befürchten, daß sie dann über Bäume spränge, ohne daß man sie aufhalten könne.«

»Es stört nicht besonders... bis auf das Schnarchen.«

»Es ist eher komisch. Warten wir noch eine Weile, und sie redet chinesisch.«

»Oder indisch. Manchmal kommt es vor, daß sie rechnet oder ganze Kapitel verschiedenster Propheten aufsagt, sei es aus der Bibel oder aus dem Koran. Der Heiler sagt, sie sei dann in einem Zustand, bereit, alles in sich aufzunehmen, und daß dann alle Vorkommnisse der Welt durch ihre Seele wanderten.«

»Nun bist du an der Reihe, Habib, eine Runde auszusetzen, wenn du nicht sofort spielst.«

»Spricht sie englisch?« fragt Thiam ganz aufgeregt.

»Sogar Computersprachen. Die einzige Sprache, die sie in diesem Zustand nicht beherrscht, ist das Baule, ihre Muttersprache.«

»Hört doch, verdammt noch eins, endlich mit diesen Geldgeschichten auf«, sagt Laho plötzlich. »Ich habe die Nase gestrichen voll davon.«

»Aber«, sagt Tiobendo sichtlich erregt, »du bist es doch, du Mistvieh, der mit seiner sprichwörtlichen Zerstreutheit alles wieder aufrührt. Wir hatten die Angelegenheit schon längst begraben, nicht wahr, Habib? Nicht wahr, Badio?«

»Ach, wißt ihr«, sagt Idjatou, »was mich betrifft, so sage ich mir, daß ich, wenn ich Bidjan überlebt habe, überall überleben werde, mit oder ohne den zweihunderttausend... Womit ich mich jedoch niemals abfinden werde, ist, daß der Sassa verschwunden ist.«

»Auch das noch!« ruft Arsiké.

»Begreift doch, man hat mich im Glauben an dieses Familienheiligtum erzogen. Mein Vater sagte immer, daß im Sassa der Lauf unseres Schicksals beschlossen sei. Solange einer von uns ihn in Besitz hätte, wären wir vom Glück begünstigt und unverwundbar.«

»Tatsächlich?« fragt Thiam.

»Mein Vater hat es gesagt! Niemals hat er von Elgass gesprochen, ohne den Sassa zu erwähnen. Wenn ich ihn wiedergefunden hätte, wäre mein Bruder nicht ganz so tot.«

»Nur zu, Badio«, sagt Habib. »Erzähl ihnen, daß ich auch dieses Ding gedreht habe.«

Ohne dem, was er gerade sagt, Aufmerksamkeit zu schenken, zähle ich im Geiste die Steine, die er in seinen ersten drei Löchern hat. In meinem ersten sind fünf, mein zweites und drittes sind leer, in den folgenden finden sich nicht mehr als drei: Ich spiele das Loch Nr. 1. Damit sperre ich sein fünftes, um den Krou zu vereiteln, den er vorbereitet. Dann wieder Tantie Akissi, die nach wildem Irrereden in einer Sprache mit harten slawischen Konsonanten ruft: »Antonine, schnell, laß mich nicht sterben! Das Messer! Ach, diese Frau, was sie in der Stadt nicht alles bewerkstelligen kann!«

Ich teile die Steine für die nächste Runde aus, und während Habib sich erhebt, um aus seiner Jacke, die über dem Grill hängt, Zigaretten zu holen, lasse ich fallen: »Man hat von Dollarnoten gesprochen...«

»Worüber sollte man sonst wohl sprechen«, sagt Laho, »wenn nicht über schmutzige Geschichten, wenn man Guineer ist und in Bidjan lebt.«

»Schmutzig, vielleicht. Erlogen mit Sicherheit nicht.«

Als Habib zum Tisch zurückkommt, wende ich mich wieder dem Spiel zu und denke dabei an den Sassa. Ich kann die Frage, ob ich ihn einmal gesehen habe, nicht mit ja oder nein beantworten. Aber jedesmal, wenn ich mich für »nein« entscheiden will, sehe ich ihn, sehe ich ihn so, wie Idjatou ihn beschrieben hat. Habe ich ihn vielleicht gesehen, ohne zu erkennen, welche Bedeutung er hatte? Ich weiß jetzt, daß es sich nicht um x-beliebigen Plunder, sondern um das Totem eines ganzen Clans handelte. Wie schlau doch unsere Vorfahren waren! Sie warfen nie etwas fort, sie verstanden sich meisterhaft darauf, Altes mit neuen Fäden zusammenzuflicken, was sie unschlagbar machte in der Kunst, das Schicksal mittels vorgetäuschter Niederlagen übers Ohr zu hauen. Wie sonst hätten sie Steuern, Christen, Muslime und andere Verrücktheiten, die im Laufe der Zeit auf sie einstürmten, überleben können, ohne ihr Los zu beklagen oder dem Geschick zu trotzen? Der erste beste glaubt, er könne sie bekehren, aber bei ihnen ist es Tradition, von anderen etwas zu übernehmen: hier einen Gott, dort noch einen, vorausgesetzt, daß sie den ihrigen zu Hilfe kommen.

Eine listige Wette auf das Jüngste Gericht, die Pascal bestimmt gefallen hätte. So ist es nun einmal. Bei uns sind die Götter zur Bescheidenheit verdammt, sie haben nur dann eine Daseinsberechtigung, wenn sie zur Koexistenz bereit sind. Ein Vers aus dem Koran und ein Eckzahn vom Warzenschwein, eine Votivtafel und ein Dogon-Amulett – den Katechismus anders zu lehren, wäre sinnlos. Keine Veranlassung, daß Fetische und Propheten im Pantheon miteinander Krieg führen. Afrika ist eine unvollendete Welt, wo alle Götter noch bei der Arbeit sind. Von daher gibt es keinen Grund, sich zu wundern, wenn auf einem Kontinent, wo allen, sei es Völkern, Staaten oder Irrtümern, vorherbestimmt ist zu reisen, ein Sassa neben einem Samsonite steht. In Afrika, das ist bekannt, ist einzig und allein das Wort unwandelbar: Die Altvorderen haben alle ihre Fabeln und Binsenweisheiten für immer und ewig zu Sprichwörtern verknüpft und verknotet. Alles in allem hätte man Elgass' Sassa an seinem Geruch aus dem Tassili, seiner Farbe aus Ghana, an seinem wie bei den Malis unbestimmbaren Alter, seiner wie bei den Songhai und Leuten aus dem Futa ungezählten Falten ausfindig machen können. Ja, ich habe ihn bestimmt gesehen, oder es war nur im Traum…

»Die Weiße hat sie herumgezeigt, die Scheine«, sagt Arsiké.

»Ehrenwort, ihr wollt mich ans Kreuz schlagen«, sagt Habib und gewinnt, ohne sich groß anzustrengen, einen Krou auf meinem Loch Nr. 2.

»Antonine, das Messer! Diese Frau ist ein echtes Miststück. Sie hat sich das Gesicht eines jungen Mädchens zugelegt. Sie hat ihren Schlupfwinkel verlassen und den Schlangen befohlen, die Küste zu überwachen. Jetzt wimmelt es überall von ihnen, sogar auf dem Plateau und im Hafen. Sie trägt eine Kroko-Tasche und Ohrringe aus Kano. Auf dem

Boulevard von Petit-Bassam fährt sie per Anhalter. Sie sieht aus wie eine Sekretärin, aber eine lange Pagne verbirgt die Schuppen an ihren Waden. Sie duftet nach einem teuren Parfüm, aber, oh, mein Gott, es ist Absud vom Gänsefuß. Unheil über die, die sich ihr nähern, sie werden sich zugrunde richten oder an einer Embolie sterben…«

»Grüne Scheine, mein Freund, direkt von der amerikanischen Bundesbank«, sage ich, indem ich versuche, sein Loch Nr. 4 an mich zu bringen.

»Die einzige staatliche Bank, die Interesse weckt in Bidjan«, bekräftigt Tiobendo.

»Vor allem, wenn du damit einen Beitrag zum Thema Trinkgeld geleistet hast. Und die Weiße plappert, mein lieber Habib! Die Weiße schwingt große Reden, und sie zieht eine Schau ab. Sobald du dich von ihr verabschiedet hattest, hat sie die Scheinchen zu einem hübschen Fächer zusammengesteckt und diesen auf ihr Tischchen gestellt, zwischen die Blumen und das Nageletui. Und sie hat gesagt: ›Das ist Habib wie aus dem Gesicht geschnitten! Der schönste, der zuvorkommendste Gentleman von Cocody!‹ Ihr hättet sehen müssen, wie stolz sie mit den Scheinen die Wangen ihrer Besucher liebkoste… Und zufällig hatte Tamboura gerade eine Überweisung von seinem Onkel in Baltimore erhalten.«

»Tamboura, der damals in seinem Appartment im Komplex der 220 Wohnungen einen gewissen Habib als Untermieter hatte«, stellt Arsiké klar.

»Oho«, sagt Laho, »wir haben seinerzeit viel darüber spekuliert, aber es bestehen immer noch Zweifel.«

»Es gibt absolut keinen Zweifel mehr«, sage ich, während Habib mich auf fünf Löchern mit zweien angreift. »Das Leben eines Übeltäters gleicht einem Kartenhaus: Das erste Geständnis zieht alle anderen nach sich.«

»Ein Feed-back-Effekt, wie die Engländer sagen«, erklärt Arsiké.

»Ein übler Effekt, zunächst einmal«, sage ich, »ein sehr übler Effekt, geeignet, das ganze Ansehen, das man sich in seinem Leben erworben hat, zu verhökern. Und damit nicht genug, es bleiben noch viele Grauzonen, viele ›wie es scheint‹, ›wie man sagt‹. Und die sind größer als du und wiegen schwerer als dein Alter, Habib.«

»Erwürg ihn nicht, Badio!«

»Ich erwürge ihn nicht, ich versuche zu verstehen.«

»Seid ihr immer noch nicht fertig?« sagt Idjatou. »Was denn verstehen, um alles in der Welt?«

»Ein paar Kleinigkeiten, die sich auf unser mustergültig geführtes Leben in Bidjan beziehen.«

»Eine schöne Strafpredigt! Die unschlagbare Geschichte vom Stummen, der sich über den Stotterer lustigmacht. Du willst es mir zeigen, aber da wirst du dich noch wundern, Badio, das sage ich dir.«

»Braus nicht gleich auf, Habib. Awélé-Spiel, Wahrheitsspiel, das hast du selbst gesagt. Demnach ist jetzt der richtige Augenblick, Vertraulichkeiten auszutauschen, und vor allem, paß auf dein Loch Nr. 1 auf.«

»Laßt uns damit aufhören«, schluchzt Idjatou. »es ist unerträglich, dieses Spiel, dieses Gerede, das letzten Endes doch zu nichts führt... Verschieben wir es auf später, wenn wir wieder in der Heimat sind beispielsweise. Dann werdet ihr sehen, wie belanglos euch das alles vorkommt.«

»In der Heimat sagt man, wer sich im Unfrieden trennt, wird sich nie wiedersehen. Besser also, jetzt Licht in die Angelegenheit zu bringen, selbst wenn es schmerzt.«

»Bist du auch abergläubisch, Thiam?«

»Das sind wir doch alle, selbst wenn wir das Gegenteil vorgeben. Das ist wie ein Erbe, das heilig geblieben ist, obwohl es nicht danach aussieht.«

»Insbesondere, wenn es von Elgass stammt«, sagt Tiobendo. »Es ist, als wäre es Elgass selbst, als fledderten wir seine Leiche.«

»Wenn wir schon von Elgass sprechen«, ruft Habib aus, »dann aber richtig!«

»Sieh da, jetzt ist er derjenige, der knurrt«, sage ich, und probiere von meinem Loch Nr. 5 aus einen Gegenangriff.

»Der Köter sitzt in der Falle, der Köter kläfft«, sage ich, ohne auf das vierte Loch mit zweien achtzugeben, die er mir gerade stibitzt hat. »Wenn von Elgass die Rede ist, solltest du dich zurückhalten.«

»Ein jeder hat den Mond gesehen, ein jeder kann von ihm sprechen. Elgass gehörte nicht dir allein, Badio, wenn du diese Illusion jetzt auch aufrechtzuerhalten suchst.«

»Meine Herren, meine Damen, hier ist der Mensch, der auf dem Mond war!«

»Manchen Ruhm flieht man am besten! Ihr stürzt euch auf mich, um von anderen Themen abzulenken. Ich wette, daß hier einige vor Angst umkommen bei dem Gedanken, wir könnten bestimmte Fragen anschneiden.«

»Pack aus, tapferer Gegner beim Awélé, ich fürchte dich nicht. Nur los, wenn du deine Karten endlich einmal aufdecken willst.«

»Na gut. Kehren wir zum Beispiel zu der Geschichte vom Sassa zurück, von dem soviel die Rede ist, ohne daß jemand wüßte, worum es sich dreht. Was meinst du dazu, Arsiké?«

»Ebensogut könntest du mich nach Miniamba, der mythischen Schlange, fragen: Ich habe Geschichten und Lieder darüber gehört, sie aber niemals gesehen.«

»Wirklich? Dann erkläre mir doch bitte, wie er ins Fotoalbum des Gringo gekommen ist.«

Und da steht er tatsächlich auf, da holt er aus seiner Umhängetasche, die wie seine Jacke in der Nähe des Grills und der Spieße liegt, ein Fotoalbum. Ein langer Augenblick Zögern, alles scheint versteinert. Dann wagt sich Laho als erster daran, es zu erforschen. Er legt seine Hand auf den Umschlagdeckel, fährt mit dem Zeigefinger seine Konturen nach, streicht mehrmals mit dem Handrücken darüber und schlägt dann mit dem Fingerspitzengefühl eines Einbrechers, der einen Safe knackt, Seite für Seite auf. Schließlich legt er das Album auf das Awélé-Brett, blättert aber wie besessen weiter, wobei er immer wieder kurze Blicke auf Arsiké wirft. Die Seiten sind aus satiniertem, beigefarbenen Papier und mit einer Klarsichtfolie überzogen, hinter der die Fotos stecken. Wir sehen eine Senufo-Trommel, einen Baule-Stiergott, einen Tchiangba-Thron aus Okoumé-Holz, ein Agni-Zepter, eine Anzahl Bete- und Guéré-Masken, eine Lobi-Lanze... Der Sassa kommt etwa in der Mitte des Albums zum Vorschein, ein Amateurfoto, das auf die Schnelle auf eine Doppelseite gesteckt ist.

»Das verschlägt euch die Sprache!« frohlockt Habib.

Die Gewißheit, daß es sich hier mit Sicherheit um Elgass' Gri-Gri handelt, steht auf allen Gesichtern geschrieben. Eine merkwürdige Situation: Jeder erkennt schlagartig etwas, das er angeblich nie gesehen hat... Nur daß jetzt etwas auftaucht, das die Erinnerung wachruft, ihn wahrgenommen zu haben, eingeklemmt zwischen dem Bücherregal und den Korbflaschen, die Elgass – eine Manie von ihm – in einer Zimmerecke gesammelt hatte. Natürlich hatte niemand ihn auch nur andeutungsweise nach dem geheimnisvollen Objekt zu fragen gewagt. Eine stillschweigende Übereinkunft besagte, ihm ein kleines Stück Privatleben zu lassen als Ausgleich für all das, was er uns, ohne daß wir ihn darum bitten mußten, gab. Im Laufe der Zeit hatte seine übermäßige Großzügigkeit zusammen mit unseren pausenlosen Bitten dazu geführt, daß auch jener Freiraum beschnitten und auf das winzige Geheimnis des Sassa gestutzt wurde. Aber der Tod, der die Freunde fortnimmt, hat auch die wundersame Gabe, Geheimnisse zu vermehren. Nach der Beerdigung nahm das Objekt, das bislang nur beiläufig Erwähnung gefunden hatte, die Bedeutung eines Kunstwerks an. Ja, als wir vom Friedhof kamen, haben wir darüber gesprochen und nicht erst, wie wir so lange gemeint haben, eine Woche später, als wir seine Bücher und Klamotten aufteilten. Zwischen leidenschaftlichen Diskussionen und Schweigeperioden wurde es in ein seltsames Gewebe eingesponnen: ein Beweisfaden für zehn Maschen Gerüchte.

»Will immer noch jemand behaupten, ihn niemals gesehen zu haben?«

»Gut und schön, Habib«, sagt Cé Né Gon, »das Ding hat es also wirklich gegeben. Was ändert das deiner Meinung nach?«

»Alles! Rollentausch, Retourkutsche! Ihr werdet das begreifen, wenn wir ans Ende der Geschichte kommen – und da sind wir bald angelangt, trotz der Hindernisse, die uns der eine oder andere in den Weg legen möchte.«

»Einverstanden«, sagt Cé Né Gon, »dann aber schnell. Damit alles aufgeklärt ist, bevor die Kleine abfliegt.«

»Das ist alles, was ich will; aber wie steht es mit euch? So prompt, wie ihr heikle Themen anschneidet oder andere in Zweifel zieht, habt ihr es scheinbar nicht sehr eilig, mehr über das Album und die schönen Fotos darin zu erfahren… Ihr platzt demnach nicht vor Neugierde? Wie steht es mit dir, Laho? Und mit dir, Tiobendo?… Kleinigkeit! Also muß ich selbst die Schleusen öffnen.«

»Nehmt euch in acht, meine Lieben«, sagt Tiobendo ironisch, »uns droht ein Schiffbruch!«

»Er spuckt uns ein bißchen an«, sage ich. »Angriff ist die beste Verteidigung, das ist nicht unfair.«

»Awélé-Spiel, Verfolgungsspiel. Einmal angefangen, muß es zu Ende gespielt werden.« Mafing schiebt das Album beiseite, um das Awélé-Brett wieder auf seinen Platz zu stellen. »Habib, du bist an der Reihe.«

»Der Gringo hatte keinen Colt, dafür andere Waffen, und er saß nicht auf seinem Geld, nicht wahr, Arsiké?«

»Schon wieder ich? Was ist denn in dich gefahren, Habib? Ist es ein Flirt oder die große Liebe?«

»Sag mir lieber: Hat er bar bezahlt oder mit Travellerschecks?«

»Aha, du befindest dich im Liebeswahn!«

»Ich stelle dir die Frage, weil der Kassierer der Filiale der Internationalen westafrikanischen Bank mir diese Einzelheiten nicht mitgeteilt hat. Ich gebe zu, daß es mein Fehler ist, ich hätte ihn danach fragen können.«

»Ich lade euch zu einer Fete ein, und ihr, ihr habt nichts Besseres zu tun, als miteinander abzurechnen! Aber es ist alles viel zu lange her, viel zu schwammig, viel zu belanglos... Merkt ihr denn nicht, daß ihr auf dem Holzweg seid?«

»Das sagst du, Idjatou? Du hast die lange Reise gemacht, um einen Fetisch zurückzuholen, und jetzt sprichst du von Belanglosigkeiten?«

»Die Entfernung ist das wenigste, Habib. Erst wenn man sich treiben läßt, rückt alles weit weg. Und sich treiben lassen, das geschieht hier drin« – sie faßt sich an den Kopf. »Nur du selbst kannst das Ausmaß ermessen.«

»Wenn man bedenkt, daß du gekommen bist, weil du mit einem Auftrag betraut warst...«

»Und ich habe mich in den Netzen des Abenteuers verfangen. Vergessen wir es! Es hat alles überhaupt keinen Sinn mehr.«

»Aber alles hat einmal ein Ende. Es wird Zeit, daß du dir über diese Geschichte Klarheit verschaffst.«

»Ich erinnere mich nicht einmal mehr an den Anfang.«

»Weil du viel zu jung bist«, sagt Thiam. »Greise pflegen sich an ihren ersten Milchzahn zu erinnern, selbst wenn sie dabei vergessen, daß sie nicht mehr sehen können.«

»Kommen wir wieder auf unsere eigenen Angelegenheiten zurück«, sagt Cé Né Gon, »Schecks, Banknoten, was sonst noch?«

»Arsiké«, nimmt Habib den Faden wieder auf, »ich kann dich nicht dazu zwingen, aber ich hätte gern, daß du uns von einer gewissen Unterredung berichtest, die im Calao stattgefunden hat.«

»An solchen Orten treibe ich mich nicht herum.«

»Stimmt. Du bist sozusagen für das Ambassade oder das Bracodi prädestiniert. Einem jeden die Bürde, die seine Schultern zu tragen vermögen. Aber es kommt auch vor, daß Ungläubige den Fuß auf heiligen Boden setzen. Am Dienstag vor Tambouras Abreise bist du jedenfalls im Calao gewesen. Du hast auf der Terrasse Platz genommen, die auf den Boulevard der Republik geht, genau gegenüber dem Stand des Senegalesen. Ich habe dich dort gesehen. Du hast dich da nicht zufällig hingesetzt, sondern aus gutem Grund: Tamboura saß nämlich schon dort. Der Gringo kam eine halbe Stunde später, nicht wahr? Er hatte ein Album unter dem Arm, könnt ihr mir folgen? Ihr drei habt zusammen ein Bier nach dem anderen getrunken. Ich habe euch von der Glastür, die auf die Avenue Docteur-Jamot hinausgeht, aus beobachtet. Am Ende war der Gringo sternhagelvoll. Ihr seid weggegangen und habt ihn gestützt, das Album habt ihr unter seinem Stuhl vergessen... aber erst viel später habe ich begriffen, worum es ging.«

»Da kannst du aber von Glück sagen, denn wir, wir begreifen überhaupt nichts!«

»Die Musikbox und ein langer Lulatsch versperrten mir die Sicht auf das, was sich an eurem Tisch abspielte, aber ich hatte schon genug gesehen.«

»Sehr einfach, mein lieber Watson«, sage ich, selbst wenn ich mich nach der zweiten Runde vor Habib verbeugen muß. »Ich nehme an, du wirst jetzt die Indizien, den Schuldigen, das Motiv, die Leiche des Opfers und die Waffe, mit der das Verbrechen verübt wurde, präsentieren...«

»Sagen wir eher die Waffe, mit der das Vergehen begangen wurde. Und selbst der Begriff ›Vergehen‹ erscheint mir unpassend. Es handelt sich nicht um ein Fehlverhalten, das man einem gerichtlichen Verfahren unterwirft.«

»Der Zorn Gottes wird sich bestimmt damit befassen«, sage ich und gebe ihm ein Zeichen, daß er die dritte Runde beginnen soll.

»Eins nach dem andern«, sagt Mafing, »ihr habt noch vier Runden vor euch, die ihr gewinnen oder verlieren könnt.«

»Es ist schrecklich«, fährt Habib fort, »wie sich im Laufe der Zeit die Zusammenhänge herausstellen. Tambouras Abreise wäre uns sonst unerklärlich geblieben.«

»Soweit ich weiß«, sagt Laho, »hat Tamboura von seinem Onkel in Baltimore ein Flugticket bekommen.«

»Ach, der berühmte Onkel aus Amerika! Stellt euch vor, ich habe keinen. Ich habe da nur einen flüchtigen Bekannten, einen Jugendfreund, der dort, genauer gesagt in Baltimore, ich weiß nicht wie gestrandet ist. Ich hatte ihn übrigens völlig aus den Augen verloren, aber vor einigen Monaten erhielt ich überraschenderweise einen Brief von ihm. Wir haben eine Zeitlang miteinander korrespondiert, und ich stellte ihm die neugierige Frage, ob ihm Tamboura schon über den Weg gelaufen sei.«

»Und?« sagt Cé Né Gon.

»Tja, er kennt ihn sehr gut, da die beiden in dieser Stadt die einzigen sind, die aus unserer teuren Heimat stammen... Denn der Onkel in Baltimore existiert nur in der Phantasie leichtgläubiger Menschen.«

»Na gut«, sagt Mafing, »das mußte er erzählen, um ein wenig zu glänzen. In aller Öffentlichkeit Lügengeschichten zum besten geben, das tun wir alle mal, das gehört fast zu unserem Nationalcharakter. Mehr scheinen als sein, das ist unsere Dialektik.«

»Vom schönen Schein kann man in Mermoz Hungers sterben oder eine Nutte in Treichville aufreißen, nicht jedoch nach Amerika fliegen. Nun träumt Tamboura aber nicht mehr von Amerika, er ist dort! Kennt ihr viele guineische Habenichtse, die sich bis nach Amerika durchgehungert haben?«

»Ich will ihn nicht in den Himmel heben«, sagt Laho, »aber Tamboura hat sich öfter satt gegessen als die meisten von uns.«

»Und doch war er, wenn er zur Kaschemme seiner Schwägerin in Marcory wollte, gezwungen, zu Fuß zu gehen. Es war ihm nicht einmal mehr möglich, mit dem Bus zu fahren. Seine Gesichtszüge waren den Kontrolleuren so vertraut, daß man es ihm verwehrte einzusteigen.«

»Und wir, sind wir etwa in einer Luxuslimousine gefahren?«

»Sagen wir, daß unsere Schuhsohlen nicht so abgelaufen waren.«

»Er ist womöglich einem Mäzen begegnet«, sagt Tiobendo, »oder er hat in der Lotterie gewonnen oder Diamanten gefunden. In Bidjan kommt alles vor und an: Schiffe und

Nutten übers Meer, Bettler zu Tausenden, Lächeln aus Mitleid, Geld durch den Tropf.«

»Vielleicht hat er den richtigen Marabut konsultiert. In Bidjan haben die alten Talismane ihre Kraft noch nicht verloren.«

»Nicht nur in Bidjan«, fährt Habib fort, »auch die Welt der Weißen betet unsere Götzen an. Es scheint, daß man sie bei ihnen überall findet: an der Wand, zum Verkauf, auf Postern... Wußtet ihr, daß der Gringo eine Kunstgalerie in New York hat? Der Senegalese, der vor dem Calao die aneinandergeketteten Figurenpaare verkauft, hat es mir erzählt. Und der muß es wissen, weil er so etwas war wie sein Afrikabevollmächtigter. Sagen wir, er brachte ihn in die Dörfer und beriet ihn bei seinen Einkäufen.«

»Beriet ihn?« wundert sich Laho. »Ich dachte immer, der Gringo kennt Afrika aus dem Effeff.«

»Unsere Kunst ist eine Welt unverständlicher Zeichen, zu der nur Eingeweihte Zugang finden. Nicht so einfach, eine Beerdigungsmaske vom Resonanzboden einer Kora zu unterscheiden, auch nicht für einen, der mit dem Busch vertraut ist. Er brauchte jemanden, um sich bei den Priestern einzuschmeicheln und der ihm half, die Lanzen von Anno dazumal und die alten, bei den Zeremonien verwendeten Trommeln auseinanderzudividieren.«

»Bei den Priestern?«

»Eine Banknote macht heutzutage alles möglich. Wenn es nicht sogar nur ein Paket Zucker oder ein Bild aus einem Katalog ist. Oh ja, auch Afrika hat Anschluß an die Moderne gefunden, aber indem es sich selbst exportiert; es hat zuerst sein Fleisch verkauft, jetzt wirft es seine Seele auf den Markt.«

»Für wie viele Guinees?« fragt Tiobendo ironisch.

»Der Gringo pflegte nicht zu feilschen. Für den Sassa hat er die stolze Summe von zwanzigtausend Dollar bezahlt.«

»Der hat also den Sassa gekauft? Und du, woher hattest du die Dollar, die bei der Weißen aufgetaucht sind?«

»Ja… mein lieber Laho, du kennst doch das Sprichwort: Im Lande der Unzucht holt man sich die Syphilis. Zugegeben, ich bin kein Ausbund an Tugend. Aber, ganz unter uns, ich konnte doch nicht tatenlos zusehen, wie Tamboura mit all dem Geld verschwand, während ich vom Hunger gequält wurde. Ich wurde mit einer ganz kleinen Summe abgespeist, gerade genug, um mit der Weißen eine Nummer zu schieben und mir die alte Karre zu kaufen. Arsiké hat den Hauptgewinn davongetragen: eine Stereoanlage, einen Fernseher und den flotten Volkswagen, den er kurz darauf auf der Straße nach Dabou zu Schrott gefahren hat… Das reicht wohl, Arsiké, leugnen ist zwecklos. Seit der Sassa verschwunden ist, hast du Blut geleckt und angefangen, den Gringo wegen seines illegalen Handels mit Kunstwerken zu erpressen…«

»Jetzt seht ihr ja, daß dieser Typ uns belügt: Er will uns weismachen, daß Schmuggel unter Afrikas grundgütigem Himmel eine strafbare Handlung wäre.«

»Soweit will ich gar nicht gehen. Weißt du, für den Gringo war das doch gar nicht sein erstes Africaventure. In die Geheimnisse unserer Kunst konnte er zwar nicht eindringen, dafür kannte er aber umso besser die bei uns üblichen Tricks und Finessen. Er wußte, daß er den Zöllnern viermal soviel hätte zahlen müssen, wie du von ihm verlangt hast. Durch Berufskrankheit oder einen Grenzvirus bedingt, haben die Zollbeamten von unseren verdienstvollen und frohgemuten Staatsdienern das anspruchvollste Wesen, wenn es ums Bakschisch geht. Er hat schnell nachgerechnet, und ihr habt euch im Calao getroffen, um die letzten Details zu besprechen.«

»Wir waren nicht verabredet! Ich ging dorthin, um mit dem Senegalesen zu sprechen. Er schuldete mir noch einen

Rest Provision für ein paar Balafone, die ich für ihn an deutsche Touristen verkauft hatte. Als ich das Geld in der Tasche hatte, lockte mich das Calao. Ich bin hineingegangen, um ein Glas zu trinken, und dort auf Tamboura gestoßen.«

»Tatsache ist aber doch, daß der Gringo aufkreuzte und ihr den Handel abgeschlossen habt.«

»Der Handel war bereits unter Dach und Fach. Er sollte mir am nächsten Tag im Drugstore meinen Anteil auszahlen. An jenem Abend war er einfach ums Calao gebummelt, um mit den Souvenirhändlern zu plaudern.«

»Zwei zu eins für Habib!« sagt Mafing.

»Zwei zu eins!« wiederholt Arsiké, der nicht weiß, wohin er sich verkriechen soll. »Ihr müßt noch vier Runden spielen, und Badio ist an der Reihe.«

»Antonine, das Messer! Diese Frau ist zu böse, und die Stadt hätte nicht an dieser Stelle geboren werden sollen. Die Teufelin braucht nur eine falsche Bewegung zu machen, und alles stürzt ein: Brücken, Hochhäuser, Eitelkeiten. Die Leute haben an diesem Ort nichts zu suchen, sie ist hier zu Hause. Allem hat sie ihren Stempel aufgedrückt, und alles gehört ihr. Jahrtausende hat sie daran gearbeitet, diesen Ort zu gestalten. Am Anfang waren da nur sie, Plankton und Mangroven. Dann ist der Wald entstanden, und der Ozean hat sich mehr und mehr bevölkert. Geckos, Mandrillen, Büffel, Panther. Sehr viel später sind die Menschen gekommen, haben Hütten gebaut und Maniok gepflanzt. Schließlich ist die Stadt gewachsen, hat die Stadt sich übernommen. Ihre Laufburschen, Lastenträger, feinen Herren und Wolkenkratzer stellt sie in außerordentlichem Maße zur Schau, aber das ist nichts... Ich habe immer gesagt, daß es ein böses Ende nimmt, aber niemand hört auf mich, denn ich bin eine alte Frau, die nur noch auf einem Eckzahn und zwei schlechten Backenzähnen kaut. Es heißt, daß meinem Mund nur Worte entströmen, die in den Wind gesprochen sind, und Mundgeruch. Die Leute buckeln und zeigen ihren Wanst. Sie sagen, sie wissen, was sie tun, aber sie tun nichts. Sie stecken einen Weg ab, sie deckt ihn mit Sand wieder zu. Sie errichten ein Gebäude, sie füllt es mit Termiten. Sie halten sich für genial, mutig und eifrig... Sie können einem nur leid tun! Selbstgefällig blicken sie in den Spiegel. Sie machen einen Mordslärm, um ihre Brötchen zu verdienen. Sie wissen nicht, die armen Irren, daß ihr Leben nur eine Farce ist. Sie arbeiten und pinkeln nur in den Trugbildern der Teufelin. Und wenn etwas Ungewöhnliches passiert, tun sie so, als könnte hier überhaupt irgend etwas Normales existieren. Seht, wie unterhöhlt das Land ist! Abgründe klaffen unter den Felsen und zerrissene Schluchten... Und nun passiert folgendes: Ein bedauernswerter Typ hat sie als Anhalterin mitgenommen; er ist ganz begeistert, dieser Herr. Er sagt sich: ›Bis wir auf dem Plateau sind, habe ich sie um den kleinen Finger gewickelt.‹ Und nun gedenkt er, um Zeit zu gewinnen, im Schrittempo, in Umwegen über Nebenstraßen zu fahren. Er biegt vom Boulevard von Petit-Bassam in die Ostsee-Avenue, dann in die Goldbrassenstraße, in die Zackenbarschstraße, in die Schwertfischstraße, in die Karibische Straße, dann fährt er am Flughafen vorbei. Vor der Gendamerie legt er seinen Arm um sie, ohne zu merken, welch grimmige Kälte von ihrem Hals ausgeht. Vor dem Champroux-Stadion angelangt, hat er ihr schon sein ganzes Leben erzählt. Sie, sie ist natürlich Sekretärin! Sie erhört sein Flehen, mit ihm ein Glas zu trinken, aber erst, wenn sie auf dem Plateau angekommen sein werden. Unterdessen kalkuliert er, wo er herfahren soll, fragt sich, durch welches Wunder er wohl vor dem Calao oder dem Pussy Cat einen Parkplatz findet.

Und schwupp, an der Auffahrt zur General-de-Gaulle-Brücke löst das Weibsstück sich in Luft auf! Jetzt hat er endlich begriffen, aber zu spät. Der Wagen fährt im Zickzack über die Brücke. Er prallt gegen die Brüstung, und der Unglückliche landet im Sturzflug auf dem Asphalt...«

»Wie konnte der Sassa überhaupt geklaut werden?« fragt Cé Né Gon. »Nach Elgass' Tod wurde er doch zusammen mit dessen Papieren und Tuareg-Dolchen in einer Holzkiste verstaut. Und das Zimmer wurde sofort vom Hausmeister verschlossen.«

»Cissoko hat einen Hauptschlüssel.«

»Cissoko, der die Bar gepachtet hat?«

»Eine andere Erklärung kann ich nicht bieten«, sagt Habib. »Tamboura wird ihm ein Scheinchen herübergereicht und Cissoko den Hauptschlüssel herausgerückt haben.«

»Zwanzigtausend Dollar, das ist verdammt viel für eine einfache Ledertasche.«

»Der Gringo hat eine kleine Expertise eingeholt. Er reiste in Afrika nicht so planlos herum, wie es den Anschein hatte. Er verfügt hier über ein kleines Mitarbeiterteam, das in einem Büro im Pyramidenturm so eine Art Labor hat. Eine erste Analyse ergab, daß die Reliquie sechs- bis siebenhundert Jahre alt war. Ein außergewöhnliches Stück, eins der seltenen Stücke, die aus dem afrikanischen Mittelalter auf uns gekommen sind. Es wurde in einer Epoche gefertigt, die einen Wendepunkt in unserer Geschichte darstellt, zu einer Zeit, als der Sahel am Scheideweg stand von Islam und Animismus. Auf dem Riemen sind symbolisch Feuer, Wasser und das Rind dargestellt, während auf der Innenseite eine Koransure geschrieben steht. Der Gringo hat darin das Sinnbild einer frühzeitigen ökumenischen Bewegung auf dem Kontinent gesehen.«

»Begreiflich, daß Elgass daran gehangen hat«, sagt Laho.

»Hat er wirklich daran gehangen?« sage ich. »Hat er sich jemals zu irgend etwas hingezogen gefühlt?«

»Drei zu eins«, sagt Mafing. »Habib, du bist an der Reihe. Badio, du hast dich schon wieder außer Gefecht setzen lassen. Deinen Sperren mangelt es an Kühnheit, und du verkalkulierst dich bei den Steinen, die du wegnehmen willst.«

Aber ich betrachte Idjatou, die mit dem Flaschenöffner auf die Tischkante klopft. Ich bringe nicht mehr den Mut zum Weiterspielen auf, und ich habe die Partie sowieso schon so gut wie verloren. Wie weit wird Habib gehen? Ich betrachte Idjatou, und wieder befällt mich der Gedanke an die Ziegelsteinfarbe des Grabs in Abobo. Ja, Elgass ist uns durch die Finger geschlüpft, und das lange vor seinem Tod. Wir meinten ihn zu kennen und gern zu haben, aber wir hatten nur Umgang mit ihm. Wir wußten alles über sein Leben und kannten selbst die Stellung der Gestirne bei seiner Geburt. Nicht einer von uns, der nicht seine Gedanken hätte lesen, seine Versprecher und sein Niesen hätte vorhersagen können. Und dennoch, das Wichtigste ist uns entgangen. Inmitten all des Lichts bleibt eine unergründliche Finsternis. Der Freund, den wir zu durchschauen glaubten und der uns vertraut schien, war offensichtlich nur ein mysteriöses Spiegelbild. Der Sassa, der unerklärliche Tod... Augenscheinlich hat er uns die ganze Zeit hinters Licht geführt, Spuren verwischt, wie die Alten im Dorf, die ihre Märchen mit Anspielungen und Rätseln spicken, um die Kinder in Verwirrung zu bringen. Im Vergleich zu ihm sind wir ganz schön naiv und unbedarft gewesen. Wir haben nur das wenige verstanden, was er äußerte, und nur gesehen, was er uns zeigte. Eine Höchstleistung für uns, die wir doch mit Märchenerzählerei und Unsagbarem großgeworden sind! Er sagte: »Trachtet nicht nach Gold, weil ihr das Licht verachtet; werft nicht die Blumen fort, wenn ihr ihren Duft behalten wollt. Verwechselt niemals Symbol und Sinn, Namen und Leben, den Knochenhaufen und das Mark.« Wie hätten wir wissen sollen, daß sich Weisheit auch von dem Verlangen und der Phantasie nährt, weit ab von Klöstern und frommen Gelübden der Entsagung? Wir hatten keine Antenne für sein Lachen oder seine Geheimnisse. Und unglücklicherweise können wir noch nicht einmal sagen, welchen Todes er wirklich gestorben ist.

»Er ist vom Steg abgerutscht und in den Kanal gestürzt«, sagt Laho, »in einer regnerischen Nacht vermutlich.«

»Dann soll mir mal jemand erklären, wieso er mit dem Kopf zum Hohlweg hin lag, in Richtung Cocody, als er gefunden wurde«, sagt Tiobendo. »Man ist seine Schritte nachgegangen. Logischerweise hätte er in Richtung Campus fallen müssen.«

»Er kam von der Bracodi-Bar«, sagt Cé Né Gon. »Er war besoffen wie ein Mossi in Trauer. Seinen Sturz hatte er nicht mehr unter Kontrolle.«

»An den Holzplanken des Stegs sind keine Rutschspuren festgestellt worden«, fängt Tiobendo wieder an. »Das ist eher merkwürdig, wenn man davon ausgeht, daß er vor seinem Sturz ausgerutscht ist. Als man ihn aus dem Wasser fischte, war er nur bis zu den Knien naß. Wäre er so besoffen gewesen, wie man behauptet hat, dann wäre er sicher ganz ins Wasser gefallen und ertrunken.«

»Scheinbar ist er zu Fuß von Adjamé nach Cocody gegangen, ohne daß ihn jemand begleitet hätte. Normalerweise nahm er sich, wenn er betrunken war, ein Taxi, und wenn er knapp bei Kasse war, lieh ihm Ekrah, der Barkeeper vom ›Cocody‹, etwas Geld.«

»An dem Tag hatte er aber die Taschen voller Geld. Im Leichenschauhaus hat man es uns zusammen mit seinen Papieren und seinem Tuareg-Armband ausgehändigt.«

»Es heißt, daß der Tod erst um seine Beute herumschleicht«, sagt Thiam, »und daß er sie ihrer Gewohnheiten entblößt, bevor er sein Werk vollendet. So nimmt das Verhängnis seinen Lauf.«

»Ich kann nicht einsehen, warum er in einer Regennacht über die Felder gelaufen sein soll. Gewöhnlich ging er, wenn er zum Campus wollte, durch die Avenue der 220 Wohnungen, die Gymnasiumstraße und den Boulevard des Universitätskrankenhauses.«

»Das Verhängnis«, wiederholt Thiam. »Auch wenn er seinen gewohnten Weg gegangen wäre, und sei es am hellichten Tag, er wäre trotzdem ums Leben gekommen.«

»Demnach hätte ihn das Verhängnis ans andere Ende des Stegs gestoßen, zum Hohlweg hin, von wo er gekommen war? Das Verhängnis ist aber ganz schön ungeschickt!«

»Deiner Meinung nach wäre er also hinuntergestoßen worden?« fragt Laho in der ihm eigenen Arglosigkeit.

»Ich komme auf meine Ausgangshypothese zurück«, sagt Tiobendo. »Wie kann ein Besoffener von einem Steg fallen und fünf Meter weiter rückwärts landen? Wir überqueren diesen Kanal morgens und abends, um zu den Vorlesungen zu gehen, wir kennen ihn in- und auswendig. Der Steg besteht aus drei Planken, die durch Latten zusammengehalten werden. Er liegt keine drei Meter über dem Wasserspiegel. Ich gebe gern zu, daß man dort nachts ausrutschen kann und dann ins Wasser fällt, weil es kein Geländer und keine Brüstung gibt, aber daß man dabei zu Tode kommt, ist höchst unwahrscheinlich. Der Kanal ist nicht besonders tief, der Oberst hat ihn ja nur ausheben lassen, damit er seine Baumschule bewässern kann.«

»Ja, aber der Weg von Mermoz zum Campus ist sehr abschüssig«, sagt Cé Né Gon. »Wenn man an der Villa des Obersts vorbei ist, geht er steil bergab bis zu den morschen Planken, die sich dort statt einer Brücke befinden. Man braucht nur ungeeignetes Schuhwerk an den Füßen zu haben, und schon liegt man im Wasser.«

»Es sei denn, man ist Goldwäscher in Ghana gewesen«, wirft Laho beunruhigt ein.

»Ihr sucht das Haar in der Suppe. Wenn es ernstzunehmende Anhaltspunkte gegeben hätte, hätte die Polizei Ermittlungen angestellt.«

»Ermittlungen haben ja stattgefunden«, sagt Arsiké, »aber die wurden zu schnell eingestellt. Nicht einmal eine Autopsie wurde veranlaßt, und wir wissen bis heute nicht, ob er erstickt oder ertrunken oder an einer Gehirnblutung gestorben ist... Sicher ist nur, daß er eine tiefe Wunde an der Stirn hatte.«

»Vom Sturz.«

»Vom Sturz!« empört sich Habib. »Und wenn er erschlagen worden wäre?«

»Wem hätte so etwas einfallen können?«

»Und wer hätte ein Interesse daran gehabt?«

»Nichts hindert uns daran, die Gegenfrage zu stellen«, sagt Habib. »Wer hatte *kein* Interesse daran? Sein Leben war so verworren wie die Wanderungen der Fulbe. Es war ein Gespinst aus Intrigen und Irrtümern, aus unüberlegten Handlungen und Brüchen. Trotzdem hatte er einen großen Mund und eine ausgesprochene Vorliebe dafür, andere herauszufordern. Er hatte zu allem etwas zu sagen und tat dies völlig unbedacht, und es bereitete ihm ein ganz besonderes Vergnügen, Leute, die einflußreicher waren als er, hereinzulegen. Grund genug, um Spannungen zu erzeugen und Haß zu erregen, um jemanden Sanktionen und Repressalien auszusetzen.«

»Du denkst an den Schwur des Tuareg?«

»Ach, wenn das alles wäre! Da haben wir noch den Patriarchen von In Azaoua, der Wüsten und Waldregionen durchquert, um den Liebhaber seiner jungen Frau in Bidjans Bracodi-Bar zu stellen, und das fast fünfzehn Jahre nach dem Ehebruch... Selbst Euripides wäre nicht auf eine solche Idee gekommen... Schade! Afrika hat seine Tragödie schon vor langer Zeit verpaßt!«

»Wer also?«

»Wir könnten eine Liste aufstellen, und die bliebe immer unvollständig: seine Gläubiger in Mali, seine sogenannten Schwiegereltern in Kamerun, seine Kumpel in Ghana, die Frauen, die er im Tschad und im Kongo sitzengelassen hat... ganz zu schweigen von all den Gaunern, Söldnern und Spionen.«

»Entspricht denn die Geschichte der Wahrheit, die man sich über die Bande von Koumassi erzählt?« fragt Laho.

»Du kennst doch unser Land«, antwortet Tiobendo. »Wahrheit ist dort von keinerlei Bedeutung.«

»Wahnsinn!« sagt Cé Né Gon. »Landsleute im Exil, die für die politische Polizei unserer Heimat arbeiten, nein, das kann ich einfach nicht glauben!«

»Dennoch deutet alles darauf hin«, ergreift Habib wieder das Wort, »daß Gobayes Unfall, Diassis Tod durch Ertrinken und Siddos Herzanfall auf ihr Konto gehen. Und alles in allem war es doch Elgass, der die Gemeinschaft begründet und die Mitglieder politisiert hat.«

»Aber letztlich hat er doch nur der Form halber den Vorsitz übernommen. Er hat alles Badio überlassen, als ob er die Nase voll gehabt hätte.«

»Ihnen sind die lieber, die Flugblätter drucken oder Drohungen verbreiten, das ist etwas Konkretes, das ist faßbar. Was ungreifbar ist, davor haben sie Angst. Und Elgass war so ungreifbar wie ein Lichtstrahl.«

»Daraus ergibt sich eine beträchtliche Anzahl potentieller Mörder«, sagt Arsiké.

»Und es gibt auch noch andere Hypothesen... über die ich mich nicht weiter verbreiten möchte.«

»Awélé-Spiel, Wahrheitsspiel, Habib!« mahnt ihn der Schiedsrichter Mafing. »Tausend Dämonen in das Dorf desjenigen, der falschspielt!«

»Tausend Dämonen!... Aber es ist nur belangloses Gerede...«

»Kurz?«

»...sehr unglaubwürdig. Dem, was man in der Kneipe hört, soll man kein Gehör schenken.«

»Ein Gerücht, das auf dem Markt von Treichville entstanden ist.«

»Ohne jede Bedeutung, nur daß es in der Straße Nr. 12 ein wenig Aufsehen erregte.«

»Du hast dein Wort gegeben!«

»Na gut, wenn ihr darauf besteht... Eines Abends war ich im Kiriom. In meiner Nähe nahmen Guineer Platz, die ich nicht kannte. Sie setzten die Musikbox in Gang, und die Antillanerin hat getanzt. Dann fingen sie an, von Tamboura zu reden, und einer von ihnen hat gesagt: ›Gesetzt den Fall, er hätte den *Philosophen* in den Kanal befördert?‹«

»Dann meinst du, es war Tamboura?« sagt Laho, der seinen Ohren nicht traut.

»Das würde das Rätsel mit dem Schlüssel erklären«, sagt Cé Né Gon. »Demnach hätte er Elgass erschlagen, die Schlüssel an sich genommen, sich dann in sein Zimmer begeben, den Sassa herausgeholt und die Schlüssel dahin zurückgebracht, wo er sie gefunden hatte.«

»Für mich ist das, als ob ihr ihn ausgraben würdet«, sagt Idjatou. »Hören wir also auf damit.«

»Wir müssen das alles sehr ernst nehmen, Idjatou«, sagt Habib.

»Oh ja«, sage ich. »Die einen vergreifen sich am Sassa, die andern am Geld des Verstorbenen.«

»Die Toten sollte man achten«, sagt Laho.

»Auf seine Weise war Elgass ein Prophet«, sagt Tiobendo, »und Propheten sterben nicht.«

»Kein Prophet«, sagt Cé Né Gon, »er war ein Dichter, und Dichter sind nicht darauf angewiesen, daß man ihnen Gedenksteine aufstellt oder Ikonen weiht. Den Tod hat er immer verachtet, gelebt hat er wie ein Stuntman und sich über Regeln und Embleme hinweggesetzt.«

»Er hätte sich übrigens gewünscht, daß man sich an dem Tag, an dem er stirbt, über ihn lustigmacht und über ihn herzieht. Eine Sitte, die er in Sambia kennengelernt hatte.«

»Dieser Mann war zu groß für uns«, sagt Tiobendo. »Wir sind auf ihn aufmerksam geworden, wir konnten gar nicht anders. Aber was hat man uns zu sehen gelehrt? Wir nehmen uns ja nicht einmal mehr gegenseitig wahr, wir gehen aneinander vorbei, als wären wir Luft.«

»Fast drei Uhr! Sprechen wir von etwas anderem, und tanzen wir wieder. Los, Cé Né Gon, leg einen Salsa auf, Lautstärke acht!«

»Du mußt eine Strafe zahlen, Idjatou, wenn du das noch einmal sagst! Awélé-Spiel, Risikospiel; wer als erster aufgibt, verliert alles.«

»Kümmere dich lieber darum, auf das Spiel aufzupassen. Mafing, Badio hat im 6. Loch einen Krou geschafft, obwohl er gar nicht an der Reihe ist.«

»Aber wer hat denn Elgass umgebracht?«

»Rede von Toten, und die Nacht taucht in das Dunkel der Legenden.«

»Es ist, als würdet ihr ihn ausgraben und den wilden Hunden vorwerfen. Cé Né Gon, Musik!«

»Das ist das Los derer, die umworben werden, Idjatou! Die Hyäne niest, es wird darüber geredet. Die Hyäne heiratet, es wird darüber geredet. Die Hyäne stirbt, es wird weiter über sie geredet. Das Schicksal der Hyäne liegt im Schnabel des Papageis.«

»Elgass, umworben? Was für eine Beleidigung! Umworben werden Gangster, Abgeordnete, Gigolos…«

»Ich sage euch, er wollte, daß sein Tod seinem Leben gleichen, die Krönung eines köstlichen Ulks sein sollte.«

»Statt dessen haben wir die ganze Nacht geheult und waren nicht einmal imstande, uns die Korbflasche Palmwein zu leisten, die wir, wie er uns anempfohlen hatte, auf seine ewige Ruhe hätten trinken sollen.«

»Wir haben ihn immer ein bißchen verraten.«

»So ist es eben bei großen Männern: Sie kommen auf die Welt, um auf dem Altar des Mißverständnisses geopfert zu werden.«

»Geben wir zu, daß wir unsere Naivität und Ungeschicklichkeit reichlich unter Beweis gestellt haben. Wir haben ihn gelobt, wenn er wollte, daß wir über ihn lachen, und ihn verletzt, wenn er Verständnis brauchte. Und er mit seiner hinterlistigen Ironie ließ sich nichts anmerken.«

»Wir sind Durchschnittsmenschen, er dagegen war außergewöhnlich, so einfach ist das«, sagt Tiobendo. »Wir hatten teil an seinem Leben, aber wir lebten nicht in derselben Welt. Nun, da er tot ist, kommt es mir vor, als sei alles nur ein Selbstbetrug gewesen. Als er starb, überwältigte mich nicht Trauer, sondern das Gefühl, der Spielball einer himmlischen Komödie gewesen zu sein.«

»Und was ist mit mir, ich habe ihn ja nicht einmal gekannt! Ich weiß nie, von welchem Bruder ihr sprecht, von eurem oder von meinem. Was für einen Bruder habt ihr aus ihm gemacht? Euer Erinnerungskult ist reichlich paradox.«

»Seit seinem Tod ist soviel Widersprüchliches in Umlauf gebracht worden, daß es angebracht scheint, einen guten Teil davon auf seinen Wahrheitsgehalt hin zu überprüfen.«

»Überprüfen?« sagt Idjatou. »Ich dachte, das wäre hier nur ein Spiel.«

»Awélé-Spiel, Intelligenzspiel!«

»Aber wißt ihr denn, wie man spielt? Wie mir scheint, spielt ihr ohne Überzeugung und bar jeder Regel.«

»Du hast gut reden, du siehst uns ja noch gar nicht lange am Werk. Krou auf deinem Loch Nr. 2, Badio!«

»Ich habe mich nie getraut, euch ins Gesicht zu sehen, immer nur mit dem Seitenblick, wie er kleinen Mädchen anerzogen wird.«

»Weil wir dir Angst einjagen?« fragt Habib.

»Manchmal sage ich mir, daß ihr euch ziemlich verändert habt. Aber das stimmt nicht, ihr seid dieselben geblieben. Und mitunter, ja, da bin ich euretwegen in Sorge.«

»Wir wollen nur Teile des Puzzles zusammensetzen. Dein Bruder war für sich allein genommen schon ein recht schwieriges Puzzle, nicht wahr?«

»Aber warum ausgerechnet heute? Und warum auf eine so brutale Art und zugleich so ausweichend?«

»Damit endlich einmal alles ausgesprochen wird, jetzt, wo sich die Gelegenheit bietet. Wenn jemand weggeht, muß man reinen Tisch machen. Es gibt nichts Schlimmeres, als das zu unterlassen.«

»Soundso oft habe ich euch gebeten, mir von ihm zu erzählen, und soundso oft seid ihr ausgewichen. Und nun soll ich plötzlich alles erfahren, als ob ich im Theater säße.«

»Dein Bruder war alles andere als einfach«, sagt Habib.

»Sein Leben setzte sich aus abenteuerlichen Teilstücken zusammen, von denen jedes einzelne mit seinen Gefahren und Glücksjägern eine Welt für sich darstellte. Es soll keine Kritik sein, aber so wie er gelebt hat, sorgte er in seiner Umgebung zwangsläufig für Verwirrungen. Einerseits hatte er Schwung, andererseits Scharfblick, was ihn immer interessant erscheinen ließ, meine liebe Cousine.«

»Hör auf, Habib! Ich bin genausowenig deine Cousine wie die von einem javanischen Straßenhändler. Damit ihr es alle wißt, dieser Mann und ich sind nicht im entferntesten miteinander verwandt. Wir sind zufällig in demselben Distrikt geboren worden, was in seinen Augen gleichbedeutend ist mit Blutsverwandtschaft. Und da sich unsere Familien wahrscheinlich mehrmals auf dem Markt von Horé Fello über den Weg gelaufen sind, sind wir in seinen Augen die reinsten Zwillinge. Ich frage mich nur, wie ein so enger Verwandter mich bei meiner Mutter so schlechtmachen konnte, wie er es getan hat.«

»Na ja, ich habe behauptet, wir seien verwandt, was ist daran so schlimm? Wer aus einem benachbarten Clan kommt, heißt bei uns Cousin. Daraus zu schließen, ich hätte dich schlechtgemacht...«

»Oh ja, schlechtgemacht und meine Mutter zum Weinen gebracht, als ob die zweihunderttausend nicht schon genügt hätten.«

»Wie hätte ich mit deiner Mutter sprechen sollen? Ich bin schon seit Jahren nicht mehr aus dieser Stadt herausgekommen!«

»Indem du ihr einen anonymen Brief geschickt hast«, sage ich. »Unser Land ist so verschlossen wie ein Ei, aber Boura, dieser alte Schmuggler, schleicht dauernd irgendwo an der Grenze herum. Dient er uns allen nicht als Kurier? Er schafft es problemlos, ganze Warenballen über die Grenze zu befördern. Ein anonymer Brief ist da... sehr viel diskreter, möchte ich sagen.«

»Und was stand in diesem geheimnisvollen Brief?«

»Das weißt du besser als irgend jemand sonst, Habib. Nämlich, daß Idjatou der Auftrag, den ihre Mutter ihr anvertraut hatte, nur als Vorwand dafür gedient hätte, in Bidjan auf den Strich zu gehen. Leugnen ist zwecklos, es steht schwarz auf weiß geschrieben.«

»Wo geschrieben? Am Himmel, auf dem Asphalt, im großen Buch des Schicksals?«

»Nein«, entgegne ich und sehe ihm fest in die Augen, »auf Seidenpapier. Der Brief ist von dir unterschrieben – sozusagen. Anonymität ist manchmal schwerer zu erlangen als Ruhm. Wer hatte denn damals den Aushilfsjob in der Buchhandlung Carrefour? Wer hat sich denn damit gebrüstet, als hätte er einen Orden verliehen bekommen? Wer ist denn von dort mit einem Etui Stifte der Marke Stypen und einem Stapel Luxuspapier gekommen wie mit einer Trophäe? Als alle Welt Notizen und Liebesbriefe gleichermaßen auf den Rand hektographierter Blätter oder auf Klopapier schrieb... Wer denn wohl?«

»Oh, was für ein wunderbares Beweisstück! Der Schmetterling hat Flügel, und daran ist der Geier schuld. Du lügst, Badio!«

»Ich und lügen? Also gut, hier ist der Beweis«, sage ich, in meiner Aktentasche kramend. »Mit einem Filzstift bekritzeltes Papier... Hier, da könnt ihr sehen, ob ich lüge. Der eine oder andere wird vielleicht sagen, daß dieses Stück Papier noch gar nichts beweist, daß ich selbst es beschrieben habe. Aber werft einen Blick auf das andere handbeschriebene Blatt hier: dieselbe Schrift, aber unterschrieben diesmal. Seht doch selbst, Habib ist der einzige von uns, der in arabischer Schrift unterschreibt, denn er hat lange Koranunterricht gehabt. Es ist schwierig zu entziffern, aber man erkennt das ›ha‹, das ›ba‹ und das ›ya‹. Lest es und vergleicht: dieselbe Schrift mit dem nachlässigen ›t‹ und dem spitzen ›u‹.«

»Alle Achtung, Monsieur packt das Beweismaterial ein, bevor er tanzen geht! In aller Unschuld selbstverständlich, reiner Zufall, nur für den Fall, daß nicht genügend Zeitungspapier dasein sollte, um die Spieße einzuwickeln! Das hat er doch nicht vorsätzlich getan, nicht wahr, oder etwa in der Absicht, jemandem etwas ans Zeug zu flicken!«

»Interpretiere das, wie du willst! Ich habe meine Aktentasche mitgebracht, weil ich morgen eine Prüfung habe. Ich habe mir gesagt, daß ich mir auf der Rückfahrt im Bus den einen oder anderen Gesetzestext ansehen könnte. Deine Machwerke habe ich ganz ohne Absicht mitgenommen. Und außerdem ist das deine Schuld. Niemand hat dich gezwungen, dich in mein Zimmer zurückzuziehen und Briefe zu schreiben.«

»In dein Zimmer?«

»Dort hast du diesen Brief geschrieben. Als ich eines schönen Tages aus der Vorlesung kam, habe ich dich an meinem Arbeitstisch überrascht und gesehen, wie du heimlich etwas unter die Schreibunterlage geschoben hast. In dem Moment habe ich nicht weiter darauf geachtet. Wir sprachen von diesem und jenem. Dann kam Tiobendo, und ihr seid gegangen, um eine Partie Tischtennis zu spielen. Erst als ich Transparentpapier suchte, habe ich dein Stück Prosa entdeckt. Es war mir ein Bedürfnis, davon eine Fotokopie zu machen, bevor ich es wieder an seinen Platz zurücklegte. Eine taktlose Geste, ich gebe es zu, einem Landsbruder gegenüber, mit dem man zu allem Überfluß im gleichen Exilspalast residiert hat…«

»Machen wir drei Kreuze darunter«, sagt Arsiké. »Was ändert sich dadurch, daß einer den Aussatz hat und der andere die Krätze? Wir sind an einem Punkt angelangt, wo ich keine Unschuldigen mehr sehe.«

»Vielleicht Idjatou«, sagt Laho.

»Idjatou, das mag angehen«, sagt Habib, »aber Badio?... Seit Elgass' Tod ist so vieles passiert! Solange er noch da war, haben sich die Leute zusammengenommen. Erst als er von uns ging, öffneten sich alle Schleusen – durch welchen Mechanismus, das verstehe, wer will... Badio zum Beispiel, seht ihn euch an, was könnte man ihm vorwerfen? Ein glattes Gesicht, ein untadeliger Lebenswandel, die Sonne im Herzen!«

»Das stört dich wohl?«

»Du bist ein Schweinehund, Badio! Bei den Leuten bist du beliebt, weil du zu lügen verstehst. Du hast ein so unverwüstliches Talent zum Theaterspielen, daß man deine wahre Seele niemals zu Gesicht bekommt... Um auf den Kern der Sache zu kommen: Hast du die Engelmacherin bezahlt?«

»Wenn ich ins Awélé-Spiel vertieft bin«, sage ich, »kann ich nicht noch Rätsel raten.«

»Ich stelle diese Frage, weil die Engelmacherin niemals umsonst tätig wird. Man erzählt sich allerdings in Adjamé, daß sie den Eingriff meistens verpfuscht und sie der Stadt nicht weniger als ein Dutzend kleiner Mißgebildeter beschert hat. Aber so wie die Engelmacherin nun einmal ist, läßt sie sich alles bezahlen, auch die Kunstfehler.«

»Ich kenne diese Person nicht, wenn es so eine überhaupt gibt.«

»Idjatou kennt sie gut.«

»Schluß damit, Habib!« sage ich, mit meinen Nerven am Ende.

»Mach du Schluß! Erzähl uns von den Kathetern, von den Kompressen, von der Schmierseife. Und vergiß die

Perlhuhneier, die Katzenhaare und den Palmwein nicht. Wie es scheint, denkt die Engelmacherin bei Ausübung ihres Metiers immer an den Anteil der Götter. Koffi Assémian sagt das.«

»Nach zwei Bieren im Bracodi sagt Koffi Assémian alles Mögliche.«

»Diese Geschichte brauchte er gar nicht erst zu erzählen. Er ist mit den Kathetern und den Saugglocken ins Bracodi gekommen. Sogar mit einer alten Fahrradhupe! Nach dem, was er berichtet, saugt die Engelmacherin damit die Embryos ab. Alle diese wundervollen Instrumente werden von den Kunden beschafft. Du hättest etwas Besseres besorgen können, gerissen wie du bist, Badio.«

»Ich?«

»Ja, du. Da war auch dein Brief, deiner diesmal, elegant, empfindsam, wie alles, was deine Handschrift trägt: ›Madame‹ – *Madame* als Anrede für die Engelmacherin! –, ›die Überbringerin dieses Briefs ist den Dämonen der Stadt erlegen. Sie ist ja noch so jung! Ein Strolch aus der Nachbarschaft, dessen Namen zu nennen sie sich beharrlich weigert, hat ihre Unschuld mißbraucht. Ihre ganze Zukunft und der Ruf ihrer Familie stehen auf dem Spiel. Ich schicke sie zu Ihnen, da ich von Ihrem Geschick und Ihrer Diskretion sehr viel Gutes habe sagen hören. Anbei finden Sie die für Ihren Eingriff unerläßlichen Teile nebst einer Anzahlung in Höhe von zwanzigtausend. Selbstverständlich verpflichte ich mich, Ihnen nach beendeter Behandlung das restliche Honorar auszuzahlen.‹ Du hast dich nicht einmal gescheut, ein ›mit vorzüglicher Hochachtung‹ unter den Brief zu setzen, worüber Koffi Assémian herzlich gelacht hat... An jenem Abend fragte ich dich nach Idjatou. Du hast mir erklärt, sie sei mit einer ivorischen Freundin nach Daloa gefahren. Ich sagte: ›Und dafür versäumt sie die Schule?‹, worauf du mir geantwortet hast: ›Sie hat nicht lockergelassen, und ich habe sie nicht daran gehindert, sie braucht ein wenig Luftveränderung, die Kleine.‹ Als sie zurückkam, habe ich kein Wort gesagt. Sie blieb eine Woche im Bett, unter dem Vorwand, sie hätte einen Malariaanfall. Nur daß du dich gehütet hast, einen Arzt zu rufen, du hast es vorgezogen, die Krankenschwester holen zu lassen. Obwohl sie Krämpfe hatte und Blut verlor.«

»Dann sollte man meinen, daß ich richtig gehandelt habe. Am nächsten Morgen ging es ihr nämlich schon besser.«

»Sie war nicht einmal in der Lage, einen Löffel Brühe hinunterzuschlucken! Ich hätte dich anzeigen können, aber ich behielt das Geheimnis für mich, ohne daß ich genau wüßte, warum.«

»Mich anzeigen!«

»Stimmt, es gerät leicht in Vergessenheit, daß es in Afrika Gesetze gibt: Die Kneipen haben weitaus größeren Zulauf als die Gerichte, die Frauen werden in aller Öffentlichkeit verstümmelt und...«

»...und im gesellschaftlichen Bewußtsein gelten Diebe als Leute, denen sich eine Erfolgschance bietet, nicht wahr? Ich habe nichts anderes getan, als Idjatou beizustehen.«

»Die Engelmacherin gebraucht eine List, die nie mißlingt: Sie wartet den Moment ab, wenn die Schmerzen am stärksten sind, um die Patientin nach dem Namen des Täters zu fragen. Oh, nicht um der Moral Genüge zu tun, nein, nur um ihre eigene Neugierde zu befriedigen. Und alles, was sie weiß, weiß auch Koffi Assémian.«

Dem jetzt herrschenden Schweigen nach zu urteilen, kann nicht der leiseste Zweifel darüber bestehen, daß meine Äußerungen nun nicht mehr anders als die eines Schuldigen aufgenommen werden. Ich bin mir nicht bewußt, daß ich aufgesprungen bin, daß ich da stehe und schreie: »Was starrt ihr mich alle so an?«

Als Antwort nur ein auf die Nerven gehendes Geräusch, als Habib, der ungerührt auf seinem Stuhl sitzen bleibt, mit bewunderungswürdiger Geschicklichkeit die Spielsteine in Bewegung setzt.

»Krou auf deinem sechsten Loch! Awélé-Spiel, Siegesspiel!«

Mich überkommt ein dringendes Verlangen zu rauchen. Vergeblich wühle ich in meinen Taschen, aber niemand macht Anstalten, mir eine Zigarette anzubieten. Die belanglosesten Gedanken schießen mir durch den Kopf: Welchen Bus morgen nehmen, um zur Prüfung zu kommen? Wo habe ich meine Zigaretten hingelegt? Habe ich welche gekauft? Was macht Diallo jetzt zu dieser Stunde? Streunt Marabut, der Hund immer noch in der Nähe des Gemüsegartens herum? Fliegt das Flugzeug nach Brüssel pünktlich ab?... Mir fällt ein, daß meine Zigaretten in meiner Jacke sind, die ich in der Nähe des Regals mit den Spirituosen aufgehängt habe. Niemals ist es mir auch nur im entferntesten in den Sinn gekommen, daß jemand mein Geheimnis kennen könnte. Vor allem hätte ich, den Reibereien und der Verbitterung zum Trotz, die das Hundeleben mit sich bringt, das wir beide geführt haben, es niemals für möglich gehalten, daß Habib mich eines Tages auf eine so gemeine Art verraten würde... Ich gehe ein paar Schritte, halte inne. Ich will nur zu dem Regal, um meine Zigaretten zu holen, aber meine Bestürzung lenkt mich in die andere Richtung. Cé Né Gons Paket »Boyard« liegt neben der Platte von Belisario Lopez, die unter schrecklichem Kratzen auf dem Plattenteller dreht und dreht.

Ich zünde mir eine Zigarette an, den widerlichen Geschmack des Maispapiers zum erstenmal genießend. Eine

Ewigkeit vergeht, bevor ich den Rauch wieder ausatme. Ich flüchte mich in eine Art Hypnosezustand, in den ich mich durch den Rauch versetzt fühle und der mich davon abhält, mich umzudrehen und mich den Blicken der anderen auszusetzen. Ach, wenn doch nur irgendeiner das Schweigen bräche! Ich begreife: Sie haben eine stillschweigende Vereinbarung getroffen. Sie wollen den Leidensdruck erhöhen, mich in die Enge treiben, bis ich zusammenbreche. Nur Laho hätte ein wenig Verständnis für mich aufbringen können… Irgend etwas, lieber Gott! Ein Räuspern, ein Gongschlag, ein Lied von der Freundschaft – nur nicht das Geräusch der sich endlos drehenden Platte, das Surren des Ventilators, das Geschrei der Plebs draußen. Aber Laho sagt nichts. Was ihn davon abhält, ob seine Gleichgültigkeit, sein widersprüchlicher Charakter, sein Wankelmut oder seine Feigheit, ich weiß es nicht.

Und sie? Es geht schließlich um sie, um uns beide. Aber sie verhält sich wie die anderen, sie rührt sich nicht, sie schweigt. »Sieh zu, wie du dich aus der Affäre ziehst«, scheint sie mir sagen zu wollen, »allein, unter Rückgriff auf das breite Spektrum menschlichen Kalküls.« Und ich, ich stehe immer noch neben dem Plattenspieler, den anderen den Rücken zugekehrt, unfähig, das Feuerzeug wieder hinzulegen. Ich denke, daß sie an der Säule lehnt, ohne Tränen, ohne Erbarmen, ohne einen Anflug von Bedauern. Nein, sie beklagt sich nicht, sie bricht nicht in Siegesgeschrei aus, sie überläßt es den Umständen, die Dinge wieder ins Lot zu bringen. Das Schweigen ist die Waffe, der sie sich am besten zu bedienen weiß. Sie nutzt sie, um zu verletzen wie um jemanden zur Weißglut zu bringen. Ich kenne sie nur zu gut. Wenn man ihr Vorwürfe macht, hütet sie sich davor, aufzubrausen oder sich auf die Lippen zu beißen. In Augenblicken der Freude ist es das gleiche. Außergewöhnliche Situationen bringen sie zum Schweigen. Sie geht ihrer Stimme verlustig, und von einem leichten Zittern unter ihrer glatten Haut am Hals abgesehen, ist es, als wäre sie wie gelähmt. Das ist ihre Art, dem Schicksal einen Strich durch die Rechnung zu machen.

Ich erinnere mich nicht mehr genau, weder an den Tag noch an die Umstände, mein Gedächtnis muß es wie einen Fremdkörper abgestoßen haben. Dummerweise kommt es mir so vor, als hätte es ihr nicht mißfallen. Vielleicht stieß sie, als ich sie küssen wollte, mein Gesicht zurück, da ich immer und ewig nach Rauch rieche – nehme ich zumindest an. Der Anblick des Bluts erschütterte sie wohl ein wenig, aber sie äußerte nichts Alarmierendes, weder vorher noch nachher. Ich schloß daraus, daß das ihre Art war, ihr Einverständnis auszudrücken. Die darauffolgenden Tage waren wie alle anderen im kümmerlichen Leben von Mermoz. Ich bemerkte bei ihr keinen bitteren Beigeschmack, keine Anzeichen von Verstörung. Am Morgen danach brachte ich ihr das Frühstück und half ihr, sich abzuwaschen, so wie ich ihr früher geholfen hatte, die Binden anzulegen, damals, als sie von der Pubertät überrascht wurde – aber davon sagt Habib kein Wort.

Ich höre mich sagen – aber nicht ich bin es, der spricht, sondern eine ferne und fremde Stimme: »Vor nicht allzulanger Zeit wurden die Mädchen bei uns mit zwölf Jahren Mutter.«

Diese Worte vertiefen nur das Schweigen und das Gefühl meiner Schande. Sie werden niemals begreifen, welche Qualen ich ausstand, wenn ich an den guten alten Elgass dachte und an die Grundsätze, die uns in der Kindheit eingeschärft worden waren und die sich mit der Vereinsamung und in den Wechselfällen des Lebens gewandelt hatten. Ich machte es in meinen Augen dadurch wieder gut, daß ich mir die beruhigende Idee durch den Kopf gehen ließ, ich würde mich eines Tages mit ihr verheiraten, wenn sie erwachsen wäre, wenn ich mich aus dem Elend befreit hätte, wenn wir in die Heimat zurückgekehrt wären. Auch sie wird das insgeheim gedacht haben, bestimmt. Sie begann, meine Hemden zu stopfen und Zettel mit kleinen Anspielungen auf meinen Tisch zu legen. Dadurch fühlte ich mich blamiert, denn so schien ein zu grelles Licht auf den Halbschatten der Nachsicht, in den mein Gewissen unsere schuldhafte Beziehung gerückt hatte. Wir sprachen nie offen über das, was zwischen uns geschah. Sobald Habib das Zimmer verlassen hatte, stürzten wir uns, ohne ein Wort zu sagen, aufeinander und schmolzen unter unseren Liebkosungen. »Nichts Schlimmes, nichts Besonderes, kein Grund zur Entrüstung«, sagte mir das im Halbschatten hockende Wesen, »wir ergehen uns nur auf der Wiese der Nacht, um dort zusammen ein paar Blumen zu pflücken.« Dann tat die Zeit das ihre, sie wurde erwachsen, und Tantie Akissi schlug mir vor, sie zu sich zu nehmen. Und so blieb alles in der Schwebe: Geld, der Sassa, die vage Absicht, sie zu heiraten, die falschen Versprechungen, die das Leben in Bidjan macht...

Doch ich muß das Feuerzeug wieder hinlegen, meiner Verwirrung Herr werden, mich zu ihnen umdrehen. Jeder soll wissen, daß ich, wenn ich beschuldigt werde, dem ohne vor Furcht zu zittern entgegentrete. Wir sind nun an der Endstation angekommen: Ihrer Meinung nach fallen der Sassa, die zweihunderttausend und Arsikés schäbige Erpressung im Vergleich zu dem, was ich getan habe, nicht ins Gewicht. Und, genau wie ich befürchtet habe, Laho blickt ständig von einem zum anderen, um in Erfahrung zu bringen, wie er reagieren und welchem Lager er sich anschließen soll. Was Idjatou betrifft, so hat sie noch nicht mit der Wimper gezuckt und steht dermaßen starr, daß man sie mit der Säule verwechseln könnte, gegen die sie lehnt, den Blick in eine unbestimmte Ferne gerichtet. Nichts, was ich tun könnte: Ein Gespräch mit ihr anzuknüpfen wäre dasselbe wie einem alten Sack Stroh die Beichte abzunehmen. Auf dem Weg zurück zu meinem Platz kann ich nicht anders, ich bleibe neben der Säule stehen: »Es ist dir wohl ganz recht, daß der Verdacht im Raum stehenbleibt«, sage ich. »Sprich doch! Laß sie doch nicht einen so unerhörten Schwindel glauben!«

»Wenn das eine Lüge ist, ist sie zumindest geschickt eingefädelt. Findet ihr nicht, daß in dem, was Habib erzählt hat, beunruhigende Details enthalten sind?«

Schlecht, daß gerade Mafing so spricht. Es gibt wirklich niemanden, der nicht seine Seriosität und seinen scharfen kritischen Verstand rühmte... Aber Laho ist nicht bereit, noch eine Sekunde länger zu warten, er will nun alles wissen, er will, daß Schluß ist, und wenn er zittert, dann sowohl vor Angst als auch, weil er ein wenig Mitleid mit mir hat: »Idjatou, nimm die Spannung von uns. Stimmt es, oder stimmt es nicht, was Habib gesagt hat?«

Ich spüre den Zweifel, der hinter seiner Frage steckt – nicht mehr als eine Handvoll, auf die ich mich sofort stürze: »Traut ihr mir das zu? Mir, Badio? Da wäre ich ja verrückt!«

»Das müßte man wirklich sein«, sagt Cé Né Gon.

»Es wäre fast ein Inzest«, sagt Arsiké. »Vor allem, wenn du es bist, Badio.«

»Inzest, Verführung Minderjähriger, Schwangerschaftsabbruch und noch vieles andere mehr! Ein guter Richter macht daraus eine mindest hundert Seiten lange Anklageschrift.«

Habib ist sich seiner Sache jetzt so sicher, daß er aufsteht, um das Awélé-Spiel zusammenzupacken und die leeren

Bierflaschen einzusammeln: »Antonine, leg das Awélé-Spiel wieder auf seinen Platz zurück und stell die Flaschen in den Abstellraum!«

»Idjatou!« Lahos Gesicht ist schweißgebadet, als wäre er der Schuldige. Er steigt auf den Tisch, trampelt mit den Füßen und klatscht in die Hände, ohne zu fürchten, daß er sich lächerlich macht. »Idjatou! Du mußt uns alles sagen. Diese Ungewißheit ertrage ich nicht.«

Alle Blicke sind nun auf ihn gerichtet, der so inständig bittet wie ein Gläubiger im Gebet. Tiobendo gibt sich alle erdenkliche Mühe, nicht laut loszulachen. Und ich, ich überrasche mich dabei zu hoffen, daß er wirklich anfängt zu lachen, daß sein Lachen die anderen ansteckt, daß das Leben nur noch Lachen ist, wie früher, wie immer, wenn wir uns stritten. Ja, das war doch nur ein Witz, wir werden wieder Vernunft annehmen, alles wird wieder in Ordnung kommen... Das schlimmste ist das grelle Licht, das sich in meinem Kopf entzündet hat, gerade im finstersten Winkel meiner Seele, wohin ich so bequem die Wirklichkeit verbannt hatte... Aber Idjatou wird sprechen, und, so merkwürdig es scheinen mag, ich zweifle keinen Augenblick, daß sie sagt: Das ist niemals geschehen, es war nur ein Trugbild, eine Sinnestäuschung, einer der gemeinen Alpträume, die einen im Schlaf heimsuchen, beim Erwachen verschwinden und das Gefühl zurücklassen, man wäre von einem rasenden Zahnschmerz befreit.

»Idjatou, es ist zu wichtig, du kannst nicht länger schweigen!«

Sie scheint so ruhig wie eine Mumie. Nur in ihren Augen ist noch ein wenig Leben, obgleich ihre Pupillen vergrößert sind wie bei einem Medium in Hypnose. Arsiké mit seiner versoffenen Stimme kommt ihr zu Hilfe: »Idjatou, es wäre wirklich zu dumm!«

»Los, Idjatou, tu endlich, worum man dich bittet, sag etwas! Elgass wäre dir jetzt aus seinem Grab heraus böse. Wenn du nicht sprichst... na, wie du willst, dann werde ich dich daran hindern, ins Flugzeug zu steigen. Ich bin vielleicht eher ein zögerlicher Mensch, aber wenn ich mich einmal zu einer Entscheidung durchgerungen habe, dann lasse ich mich durch nichts von meinem Ziel abbringen, das weißt du genau!«

Die Mumie löst ihren Oberkörper von der Säule, sie läßt ihre Hände, die sie über der Brust gefaltet hatte, längs ihres Körpers fallen, blickt auf ihre Füße und seufzt tief auf... das ist alles.

»Ein Zeichen mit dem Kopf zum Beispiel, nichts als ein Kopfzeichen: ja oder nein?«

Störrisch wie eine Eselin. Wie immer sie auch ihre Blicke auf sie richten, sie anflehen, sie bleibt unerschütterlich... Plötzlich und zur allgemeinen Überraschung geht sie bedächtigen und gemessenen Schrittes auf sie zu. Eine endlose Zeit vergeht, wie mir scheint, bevor sie zum Tisch kommt, auf den sich Laho gestellt hat. Sie fährt sich mit der rechten Hand über den Nacken und erklärt, ohne jemanden anzusehen: »Alles, was Habib gesagt hat, ist wahr. Alles, Badio.«

Ich kann mich nicht mehr beherrschen und brülle los: »Hand aufs Herz, reden wir!... Da seht ihr sie, die Kleine, diese Dreckschleuder, die so tut, als könne sie kein Wässerchen trüben. Fragt sie doch einmal nach dem Libanesen vom Drugstore! Fragt sie doch einmal, weshalb der Oberst seine Verbindungen spielen ließ, damit sie die Stelle im Hotel Tiama bekam!«

»Antonine, in Bromakoto ist ein Feuer ausgebrochen. Gib mir schnell das Messer! Für den Fall, daß sie hierherkommt...«

Zu Tausenden stürzen jetzt Häuser ein, mit ihren Schatten, ihren geheimsten Schlupfwinkeln, ihren Mythen und ihren Lügengeweben. Nichts wird jemals wieder so sein wie vorher, bei dem heillosen Durcheinander in meinem Schädel angefangen. Unmöglich, mich weiterhin selbst zu betrügen, ich bin ein absolutes Schwein. Beweis: Ich weiß nicht einmal, ob ich das zu mir sage oder ob Habib es mir hinterherschreit. Das Versteckspiel mit mir selber ist zu Ende. Um mich herum werden sie tuscheln und die beleidigten Freunde mimen. Doch sie wissen, daß mein Versagen das ihre ist, ein Versagen, für das wir wohl oder übel gemeinsam die Verantwortung tragen müssen: für Niedertracht und Vergessen, für Angst und Schwäche. Zugegeben, ich muß die Suppe auslöffeln, die ich mir eingebrockt habe, ich stehe jetzt am Pranger, aber letztlich sitzen wir alle im gleichen Boot, ziehen wir alle an einem Strang. Unmöglich, daß der eine nicht leidet, wenn der andere einen Schnupfen hat. Ungestüm wie Kellerasseln, bockig wie verzogene Kinder – so sind wir alle. Es ist noch gar nicht lange her, da kannten wir sie noch, unsere Grundsätze. Dann kam die Zeit des Untergangs, den manch einer im Dorf schon in den schwarzen Linien unserer Hände zu lesen geglaubt hatte. Freunde wurden verbrannt, und Söhne verkauften ihre Väter. Besser, nicht an die Hoffnungen, die wir begruben, an den Bankrott der Herzen und des Verstandes, an die Meineide und Verleumdungen zu denken. »Den Schlangen werden Füße wachsen, die Böcke nach Mandarinen duften. Ihr werdet Sterne in dunkle Brunnen fallen sehen und einen Neunmonatsbart am Kinn eines Neugeborenen«, hatten die Wahrsager angekündigt, und so traf es ein: ein Land im Wahnsinn, der Grips im Zuchthaus, die Ideale auf dem Friedhof, überall Wasser, nur nicht im Wasserhahn. Ins Exil tappten wir auf direktem, aber kurvenreichem und feindseligem Weg wie in eine von einer eifersüchtigen Rivalin gestellte Falle. Davon haben wir den ach so bequemen Hang zurückbehalten, mit jenem verwunderten Blick, der Straßenkindern eigen ist, zu betrügen und den Dingen ihren Lauf zu lassen. Wir sind soweit gegangen in unserer Selbstaufgabe, daß ich nicht einen unter uns sehe, der sich noch über irgend etwas empörte. Sie sind mir nur aus Prinzip böse, höhere Werte kennen diese Kleingeister ja nicht! Und wenn ich einen Menschen getötet hätte? Wenn ich die Stadt in Brand gesteckt hätte?... Ich kann mir schon vorstellen, wie die Geschichte in den Vorstadtkneipen die Runde macht. »Ja, es war Badio, der sonst so honigsüße und seidenweiche Badio, Badio persönlich, der das getan hat, und was er getan hat! Elgass ist zu bedauern, man kann doch in keinen Menschen hineinsehen!« Und in hämischer Freude wird man nicht versäumen hinzuzufügen: »Und die Kleine hat sich gar nicht gewehrt? Ach, die Mädchen aus der Heimat! Nimmst du Rücksicht auf ihr jugendliches Alter, strafst du deinen Schwanz für nichts und wieder nichts!« Ich wüßte gern, was sie an meiner Stelle getan hätten! Alles ist klar, die Maske fort, nun, da Habib auf der ganzen Linie gesiegt hat, beim Awélé-Spiel ebenso wie beim Stierkampf, nun, da Tiobendo, um die Situation zu entspannen, eine Weise aus entlegenen Fulbedörfern pfeift und seine Bierflasche als Teleskop benutzt. Cé Né Gon hat sich hinter dem Tresen verschanzt, um sich vor eventuell aufkommenden Gefahren zu schützen. Er schleicht um den Plattenspieler herum, hütet sich aber, die sich noch immer drehende Platte anzuhalten. So ist er, Cé Né Gon, ängstlich und eine Memme. Er braucht Lärm, um im kalten Klima der Welt zur Ruhe zu kommen. Arsiké hört nicht auf, sich aus dem Papier, in dem das Bier eingepackt war, Schiffe zu falten. »Ein Trauerspiel, das alles«, und wenn es Mafing ist, der spricht, dann sagt er es natürlich, um nichts zu sagen. Das Schweigen arbeitet für sie. Die Sticheleien dienen nur dazu, ihren Triumph zu feiern, wie die Gewehrschüsse, die die Jäger nach der Treibjagd in die Luft feuern.

»Nein, nicht Idjatou und vor allem nicht du, Badio! Mein Gott, wie schwer die Menschen zu durchschauen sind!«

Laho ist dagegen vollkommen berechenbar. Seine Augen verraten alles: Was er sagen will, was er denkt, was er für das nächste Jahr insgeheim plant. Er wird also der erste sein, der durch die Kneipen zieht, um meine Schande auszuposaunen, nicht, um aufzufallen oder mir zu schaden, sondern, um sich von einer für seine Schultern zu schweren Last zu befreien: »Ich werde niemals begreifen können, daß Badio das getan hat. So wie ich ihn kenne, ist Badio zu gutmütig, um einer Wespe, die ihn gestochen hat, etwas zuleide zu tun. Aber der arme Elgass macht mir Kummer, als ob man ihn in seinem Grab zerstückelt hätte. Ich weiß nicht mehr, was ich von den Menschen halten soll!« Das Schlimmste ist, daß er in voller Offenheit sprechen wird; er hat mir immer größtes Vertrauen und herzlichste Zuneigung geschenkt. Ich mag ihn gern mit seinem merkwürdigen Schuldgefühl – Laho, der einen, bevor man am Brunnenrand angelangt ist, vom Wasserschöpfen abhalten will und sich dann genau wie die anderen hineinstürzt. Und dann ist er der einzige, der Elgass bis zum Schluß in inniger Freundschaft verbunden blieb. Vielleicht war bei uns anderen Bewunderung, vielleicht sogar Eigennutz und Gehorsam stärker als Freundschaft. Ja, was hätte Elgass wohl gedacht? Merkwürdig, daß mir diese Frage so quasi nebenbei in den Sinn kommt, während ich doch mit aller Kraft versuche, das, was klar ist, von dem, was unklar ist, zu trennen. Richtig, als sich die Gedanken in meinem Kopf überschlugen, habe ich gar nicht an ihn gedacht: Was, um Himmels Willen, hätte er dazu gemeint? Und ich begreife plötzlich, wie entscheidend diese Frage ist. Das Mädchen, das nach wilden Früchten duftete, der zitternde Körper, über den ich in der Bude von Mermoz herfiel, war niemand anders als die Schwester von Elgass! Unmöglich, diese Tatsache aus dem Gedächtnis zu streichen. Aber was hätte der alte Junge dazu gemeint? Es will mir nicht gelingen, mir vorzustellen, daß er mir ein Auge ausschlägt oder mich in Eisen legt, auch nicht, daß er wie ein Verrückter herumschreit oder das Studentenwohnheim in Brand steckt. Ich denke an eine subtilere und gleichzeitig viel schrecklichere Art der Bestrafung. Ich sehe ihn, wie er mir mitten beim Essen – in aller Freundschaft – einen seiner Spitznamen verpaßt, für die er eine besondere Erfindungsgabe hatte und die an einem kleben bleiben wie der eingekniffene Schwanz des Uakari. Oder wie er dem Drama mit einem philosophischen Scherz die Spitze nimmt, der die Dummköpfe zum Lachen und, irgendwo zwischen Strafe und Vorwurf angesiedelt, mich in tödliche Verlegenheit bringt. Wie auch immer, jedenfalls hätte er unvergleichlich mehr Größe gezeigt als die erbärmliche Jury, die ihren Stolz darin sieht, mich zu umzingeln. Seht euch bloß Habib an, diesen Idioten, der zwischen dem Gang und dem Garderobenständer daherstolziert, die Hände auf dem Rücken, und, Ehrenwort, aufgeblüht wie ein Garten im Frühling: »Idjatou sollte sich deswegen keine Vorwürfe machen. Wo steckt sie eigentlich?«

»Wir müssen Verständnis für sie aufbringen«, sagt Arsiké. »Im Leben gibt es Augenblicke, wo man allein sein möchte.«

Arsiké, der jetzt zwei Flottillen Papierschiffe gefaltet hat, Arsiké, dem gegenüber ich eine wahnsinnige Lust verspüre, ihm den Hals umzudrehen. Trotzdem ist er nicht der schlechteste. Ein Quentchen Ritterlichkeit hält ihn zurück, wenn die Bande vorrückt. Nicht engherzig, scheint mir, aber auch nicht mutig. Wenn sich die Lage zuspitzt, besteht seine Taktik darin, zu schweigen und den Unbeteiligten zu spielen, der sich nicht einmischt und für die einen wie für die anderen ein unparteiisches Kopfschütteln übrig hat. Zu stolz, um sich um die kleinen Streitereien der Sterblichen zu scheren, nicht stark genug, um sie von vornherein zu verhindern.

»Sie hat sich vielleicht hingelegt«, sagt Laho, der wirklich nicht mehr weiß, was zu tun ist.

»Antonine, das Messer. Ein Baum ist auf die Entbindungsstation von Koumassi gestürzt, ein Junge in die Kanalisation von Anono, in Adjamé ist eine Schrotladung in den Hintern eines Diebs gedrungen…«

Mit meinem Fall werden sie sich jedoch erst dann ernsthaft beschäftigen, wenn sie hier fortgegangen sind. Ich muß mich nun dazu durchringen, mich mit meinem neuen Los abzufinden, nämlich, daß ich wie ein wildes Tier beobachtet und gemieden werde. So ist es nun einmal unter Afrikas heißer Sonne: Lachen und Lebensfreude, solange man Ansehen genießt; sobald jedoch ein Gerücht auftaucht, findet sich man von allem entblößt und in Quarantäne wieder: ein Korb Freifahrscheine gegen einen Korb Verbote! Wenn es sich um eine Schwester handelt, selbst eine angenommene, kann es keine Entschuldigung geben, insbesondere, wenn es sich um diejenige handelt, die niemand anrühren darf, die Schwester von Elgass, den wir alle verehrt haben, liebe Leute…

»Antonine, das Messer! Ich kenne sie, diese Frau. Hundertmal habe ich sie gesehen, und hundertmal sah sie anders aus. Sie lebt weitab von der Welt, auf dem Meeresgrund. Sie hat Federn auf dem Bauch und Schlangen als Halskette. Ihr Herz ist so groß wie der Kopf einer Stecknadel. Sie ist die

Königin des Wassers, und hier gehört ihr alles: die Wellen, die Gischt, das Festland, bis hin zum Schicksal der Menschen. Ihr lacht mich aus, ihr denkt, ich erzähle euch nur Unsinn, daß der Schlaf mich in seiner Piroge schaukelt. Ihr seid ganz schön naiv! Ihr lauft durch die Stadt Bidjan, ihr seht auf zum Himmel von Bidjan. Ihr sagt euch: ›Da ist das Wunder Bidjan. Da die Straße Nr. 12, da das Plateau, da der Gewürzmarkt, für alles ist hier gesorgt, kein Idiot kann sich hier verlaufen. Das Leben ist annehmbar, die Stadt ist Wirklichkeit, es reicht, wach zu werden. Den Pyramidenturm kann man sogar vom Golf von Bassam aus sehen.‹ Ihr Unglücklichen, von den Machenschaften jener Frau habt ihr keine Ahnung! Wutanfälle, Unglücksfälle, Erfolge, Epidemien – all das hat sie angezettelt. Letztes Jahr zum Beispiel ist ein Öltanker auf hoher See abhanden gekommen, und wo, glaubt ihr, hat man ihn wiedergefunden? Mitten in einem Palmenhain, was keinen daran gehindert hat, von Schiffbruch zu sprechen. Die Küstenstraße nach Grand-Bassam wird schon seit Jahren ausgebessert. Tagsüber wird neu asphaltiert, nachts kommt die Frau und sorgt für neue Löcher, immer an denselben Stellen. Wißt ihr, was uns an manchen Tagen im Wald von Banco blühen kann? Dann fragt mal den armen Yao Zadi Gnaoré. Yao Zadi Gnaoré war ein wackerer Mann, beliebt bei Nachbarn und Frauen. Gut aussehend, fröhlichen Gemüts und barmherzig, hatte er nur einen Fehler, nämlich die grenzenlose Liebe zum Palmwein. Wenn ihn die Lust ankam, ging er allein mit seiner Kürbisflasche und seiner alten Machete in den Wald von Banco. Eines Tages wartete man vergebens auf seine Rückkehr, und erst Jahre später fand man am Meeresstrand etwas, was Yao Zadi Gnaoré ähnlich sah: das gleiche Gesicht, die gleiche Kleidung, die gleichen breiten Schultern. Klar, werdet ihr denken, das war Yao Zadi Gnaoré. Nein, leider nicht, Yao Zadi Gnaoré war nicht mehr von dieser Welt. Es war nur das Abbild seines Lebens, eine elende Haut, mit schlechter Luft aufgeblasen, die wie eine Blase platzte, als man sie berührte. Ich könnte euch auch die Geschichte von Niamké erzählen, der, als er in der Lotterie gewonnen hatte, am nächsten Morgen nur noch Monopoly-Geldscheine in seinem Safe fand. Die Leute glauben, daß alles auf festen Füßen steht, daß sie sich niederlassen und in Ruhe arbeiten können. Eine Stadt voll Geld, voller Geistesgrößen und sogenannter Freunde. Aber ich sage euch, wehe, wenn jene Frau eine falsche Bewegung macht…«

Ich nehme an, daß Diallo – dem vom Roten Viertel, nicht dem vom Ambassade – die Ehre zuteil wird, als erster davon in Kenntnis gesetzt zu werden. Es wird ihnen nicht schwer fallen, vor dem Schlafengehen bei ihm vorbeizuschauen. Sie werden ihm ein paar passende Worte ins Ohr flüstern, und Diallo wird mit Leichtigkeit die entsprechenden Schreckensrufe loslassen. Er wird die Arme zu Allah emporheben und mit der bei unseren lieben Frömmlern vom Lande üblichen Inbrunst zwei oder drei Koranverse von sich geben. Und für mich ist Schluß mit den kleinen Leihgaben in Form von Zigaretten und Bargeld – wenn er mich überhaupt noch eines Grußes für würdig erachtet.

»Sie ist hier zu Hause. Sie hat den Ort nach ihrem Gutdünken gestaltet. Die Lagune, der Wald, die Brandung gehorchen ihrem Willen. Aber die Leute denken nicht daran. In Treichville finden sie Befriedigung, auf dem Plateau bestaunen sie die schönen Damen, die am Fuße der Wolkenkratzer flanieren. Was wollt ihr? Niemand sagt ihnen etwas von der Macht, unter der sie stehen. Sie handeln und träumen nach dem Belieben dieser Frau, aber sie wissen verdammt wenig davon. Am liebsten sieht sie, wenn sie auf den trügerischen Schein, mit dem dieser irregeleitete Ort lockt, hereinfallen. Fragt doch die Weißen, wer sie mit Hilfe von Sintflut und Gelbfieber aus Bingerville und aus Bassam vertrieben hat. Diesen regen Störenfrieden blieb schließlich nichts anderes übrig, als mit ihr, um an einem solchen Tummelplatz von Kobolden ihre Brücken und Gemäuer errichten zu können, einen Pakt zu schließen. Nach ihnen kamen die Schwarzen, siegreich wie die Büffel und ohne sich auch nur die Mühe zu machen, ihren Clan um Rat zu fragen. Seht nur, wie sie sich nun abquälen. Die Stadt bekommt ihnen nicht, sie weist sie zurück, sie nimmt ihnen den Atem. Eine Schildkröte in einer Eierschale, könnte man meinen. Seht nur, wie kümmerlich sie ihr Dasein fristen! Den Willen, der Not abzuschwören, bringen sie nicht mehr auf. Den Strand an der Flutgrenze entlangzugehen fällt ihnen heutzutage genauso schwer wie das Licht festzunageln. Und umso schwerer, den richtigen Bus zu erwischen, in der Politik Erfolg zu haben, sich satt zu essen. Ach, die Leute von Bidjan! Viel Herz, aber absolut keinen Sinn für Eintracht! Werft einen Blick auf den Wirrwarr hier ringsum: Menschen an Menschen auf dem Markt, Getümmel auf der Mülldeponie, Hand in Hand im Bordell, jeder für sich im Finish. Ach, die Leute von Bidjan! Sie sind Leute, die alles durcheinanderbringen: In der Kirche putzen sie sich die Nase, im Büro machen sie einen Mittagsschlaf. Am besten wundert man sich über gar nichts. Es wurden schon Fulbe gesichtet, so grob, als würden sie dafür bezahlt, ein paar Mandingo, die großzügig waren, und, in einem abgelegenen Winkel der Stadt, ein sich durch Bescheidenheit auszeichnender Bete. In naher Zukunft soll es, so lautet die Weissagung, einen freundlichen Weißen geben sowie einen Libanesen, der arm ist oder als Fensterputzer arbeitet. Jene Frau hat alles auf den Kopf gestellt. Der Luxus sondert giftige Ausdünstungen ab, die Fliegen kleben an den Neonröhren fest. Die

Lüge hat sich so an den Tag geheftet, daß Gott sich manchmal im Datum irrt. Hier äfft alles das Neue nach und macht verkehrt von sich reden. Wo träfe man sonst, frage ich euch, auf einen Hafen, wo es so viele Mopedunfälle gibt? Neulich ist ein Habenichts zu denen da ganz, ganz oben gegangen, um ein Attiéké zu erbetteln. Was, glaubt ihr, haben sie ihm gegeben? Eine Gürtelschnalle und einen Busfahrschein, mit dem er in sein Heimatdorf zurückfahren sollte. Das ist typisch Bidjan: Ihr bittet um eine milde Gabe, und man gibt euch Arbeit, ihr wartet auf Regen, und das Meer kommt. Die Straße nach Bassam steht noch immer unter Wasser. Seht euch den armen Baka[1]-Fahrer an! Seine Fahrgäste sind auf das Dach geklettert, um sich vor den Wogen in Sicherheit zu bringen, und er, er bleibt wie ein Blöder am Steuer sitzen, in der festen Überzeugung, das Fahrzeug gehöre noch ihm. Er blickt nicht auf das Meer, sieht nicht die Färbung der Wellen. Niemals hat er von dieser Frau sprechen hören, und jetzt ist es zu spät. Noch vor den anderen wird er in die Tiefe gezogen, und morgen entrüstet man sich in den Katen über ihn: ›Was für ein Idiot, warum hat er nicht den Umweg über Bingerville gemacht, im Wetterbericht ist doch alles vorhergesagt worden‹ Inzwischen ist die Frau, vor Freude und vom Blut trunken, in ihr geheimes Reich zurückgekehrt. Wie versessen sie auf alte Knacker und junge Burschen ist! Da, der junge Mann zum Beispiel! Seht ihr ihn, den jungen Mann? Ihr seht ihn nicht, ihr seid wie Bouki, die Hyäne aus dem Märchen, ihr seht nur, worauf man euch mit dem Zeigefinger hinweist…«

Ich nehme an, daß sie schon vor Mittag ganze Arbeit geleistet haben. Ich werde nicht wissen, wohin ich mich vor Polycarpe Dossou, meinen Kollegen vom Victor-Hugo,

1 Sammeltaxi

vor meinen Kommilitonen, dem Samurai und vor den Masken der Zigbiliti-Tänzer verkriechen soll. Nur die Weiße wird etwas Mitleid für mich aufbringen: »So ist das also, Badio? Du ziehst es vor, Minderjährige zu entjungfern, als deine alte Freundin zu besuchen?« Tantie Akissi hat recht: »Der Mund von Bidjan ist wie der Mund einer Hure. Besser mit Lepra als mit dem schmutzigen Geschäft seiner Zunge zu tun haben!« Um nichts in der Welt komme ich zum Flughafen, das wäre schlimmer als der Gang nach Canossa. Überdies, das fällt mir jetzt wieder ein, habe ich gleich eine Prüfung, und damit bin ich bei der Sorte Überlegungen angelangt, an die ich mich gewöhnen sollte. Sie, sie will ich nicht mehr sehen, ihren Duft und ihren Schatten überlasse ich dem barmherzigen Nebel von Brüssel. Eigentlich günstig, daß sie getürmt ist, ohne daß ich etwas davon gemerkt hätte. Ich denke, sie ist in ihr Zimmer verschwunden, hängt ihren Gedanken nach und weint.

»In drei Teufels Namen, ihr seid rechte Kinder, man muß euch alles zeigen, selbst das Loch, wo man hineinpinkelt. Der junge Mann sieht auch nichts. Er hört Radio und raucht seinen Joint. Er nimmt das Leben, wie es kommt, und die Straße hat für ihn nichts Außergewöhnliches. Er weiß nichts vom Wind und von der Nacht, er kann nicht lesen. An die Mauer gelehnt, hört er Radio. Auf der anderen Straßenseite, in den Baracken, streiten sich seine Eltern, er aber hört Radio und den Lärm vom Hafen her. Die Nacht ist heiß, die Nacht ist schwer. Rechtschaffene Leute liegen im Bett, er sitzt am Straßenrand und hört Radio. Er glaubt, daß die Stadt schön ist und die Lagune grau. Gegen die List des Tapferen, sagt er sich, kommt der Schlaf nicht an. In den frühen Morgenstunden wird man ihn in alle Winde verstreut finden, aber ohne eine Schramme auf seinem Gesicht: ein Bein in Cocody, ein Arm in Marcory, ein Ohr auf dem

Bahndamm am Bahnhof Abobo. Seine Geschlechtsteile, die werden sie suchen und suchen, finden werden sie seine Geschlechtsteile nicht. Man wird ausländischen Verbrechern die Schuld geben. Unter der General-de-Gaulle-Brücke wird man seinen Kopf finden, im Schlamm versunken zwischen zwei Barken und zwei Jauchefässern. Von alldem, das wahrer ist als die Sonne, werdet ihr noch hören, meine Herren, weil an diesem finsteren Ort hier nach Einbruch der Nacht Mossi-Diebe und Gauner aus Guinea zusammenkommen, um sich zu verschwören und der Lust zu frönen. So daß die Polizisten, die müden Krieger, wenn es dunkel wird, nicht wagen, näher als einen Kilometer heranzukommen. Das einzige, was diese Nichtsnutze können, ist, den Huren und Seifenverkäufern auf die Nerven zu gehen. Unser altes Bidjan, das ist schon lange am Ende, mein Bruder, und dabei finanzieren wir noch die Regierung! Sie werden uns Lügen auftischen und Rätsel aufgeben, Läuse auf dem Kopf eines Kahlen suchen, aber seine Geschlechtsteile, die werden sie nicht finden. Auch sie wissen nichts von dieser Frau. Sie stellen Berechnungen an, sie stellen Pläne auf, sie wissen nichts von dieser Frau. In ihren Augen hat alles seine Ordnung, wenn sich die Lagune noch an ihrem Platz befindet, die Stadt funkelt und das Attiéké, wenn man sich eins verdient hat, auch mundet. Erzählt ihnen von dem Mißgeschick des Lastwagenfahrers, der jetzt, im gleichen Augenblick, wo ich mit euch rede, an der Auffahrt zum Verteilerkreuz von Indiéné aus der Kurve fliegt. Sie werden mitleidig lächeln und zur Bushaltestelle eilen. Sagt ihnen, daß der Ärmste auf die Avenue Reboul geraten ist und sich, um das Ende zu schildern, mit seinem Brummi hoch oben auf einem Strommasten wiedergefunden hat. Sie werden euch erwidern, daß das ganz normal sei, schließlich sei Bidjan keine Stadt mehr, sondern ein Rodeo für all die kleinen

Motorradfahrer, die noch nicht trocken hinter den Ohren sind. Sie werden niemals erfahren, daß diese Frau sich vorgenommen hatte, dem Lastwagenfahrer den Kopf zu verdrehen. Sagt ihnen, daß ihre Mutter gestorben ist, und sie werden antworten: ›Gut und schön, aber ich muß erst nach Koumassi.‹ Und sie gehen hin, sehen niemanden, sie gehen hin, sie tun das mit Leib und Seele, sie tun nichts anderes als dorthin zu gehen. Sie können nicht mehr als eine Sache gleichzeitig tun, und während sie diese eine Sache tun, töten sie den Rest der Welt in sich ab. Für sie ist der Himmel blau und das Meer so harmlos wie ihr Badezimmer. Was habe ich euch gesagt? Seht, seht doch!«

Es kommt mir so vor, als zerdrücke Laho eine Träne. Das ist mir egal. Sollen sie doch alle weinen, wenn sie Lust dazu haben. Das wäre ein Anzeichen dafür, daß sie noch leben. Aber nein, sie weinen nicht. Uns bleibt nur noch ein morbides Lachen über unsere absurden Spiele. Laho ist der einzige, der zu einer Regung fähig ist, obwohl ihm die Angst in den Gliedern sitzt. Sie haben alle wieder Platz genommen und Flaschen geöffnet, als wollten sie das Ereignis feiern, als wäre es der Beginn einer neuen Feier, zu der ich nicht geladen bin. Ich bin mir nicht sicher, ob sie das sind, die ich da sehe. Zwei Schatten, drei Phantome, jede Menge weißer Nebel. Eigentlich nehme ich nicht einmal meinen Blick wahr. Vielleicht bin ich schon gar nicht mehr da, bin, wie Elgass es nannte, ein neues »Land gegenüber« geworden, hinter einer Abgrenzung, die dichter ist als die Reihe Akazien und unerreichbarer als die schweigende Krankenschwester. Arsiké pfeift vor sich hin, Habib murrt, Tiobendo steht unten an der Treppe, die zum Abstellraum führt. Antonine ist dabei, die Gläser und den Grill wegzustellen. Wahrscheinlich hat sie von dem, was sich hier wirklich abgespielt hat, gar nichts begriffen. Sie hat niemals Zeit gehabt, irgend etwas zu begreifen, sie putzt, sie spült, sie begreift nichts, am allerwenigsten eine Bande wie die unsere... Oder so gut wie nichts, nichts als das Drunter und Drüber in meinem Kopf, das Gefühl zu ertrinken, die unwirklich erscheinenden Geräusche von draußen, den Wahn von Tantie Akissi.

»Seht doch nur, schaut, wohin ich euch sage! Dutzende von Passanten gehen da vorbei, und niemandem fällt die Absteige auf, die sich zwischen den Laden für Handwerkerbedarf und den Night-Club ›Zur schwarzen Kugel‹ zwängt. Von dem Drama, das sich dort jetzt abspielt, ahnen sie nichts. Obwohl das Opfer absolut ungewöhnlich ist. Gott allein weiß, was der Mann dort in seinem weiten, gestickten Bubu, seinem Turban und seinen Babuschen will. Was würde diese Frau den Leuten von Bidjan nicht alles antun! Ich beobachte ihn schon seit längerer Zeit, den Muslim dort. Er ist durch die Straße Nr. 18 gegangen, um ein Plakadji[1] zu essen und eine Youki-Limonade zu trinken. Dann ist er in der Nähe des Krankenhauses und der Kreuzung France-Amérique herumspaziert. Unterwegs hat er seine Gebetsschnur hervorgeholt, und zwar gerade, als er durch die Bierbrauerstraße schlenderte. Und als er dann plötzlich vor einer Hure stand, hat er nicht an sich halten können. Genauer gesagt, sie hat ihn wie eine Dame von Welt angelächelt und ihn, um sein Zögern abzukürzen, auf der Stelle in ihr Absteigequartier geschleppt. Und nun ist der Krach da! Die Hure stößt den Muslim auf den Bürgersteig, und der Muslim, *wallahi!*, der Muslim ist so bekleidet wie ein Stück Eisen. ›Wo hat man sowas schon gesehen!‹ schreit die Hure. ›Du greiser Alter, du bumst eine Hure und hast nicht einen einzigen Penny, um sie zu bezahlen! Ich

1 Gericht aus Maniokmehl

gebe dir deine Kleider erst dann zurück, wenn du mich bezahlst, Sannovabitch! Bastapikin! Hundesohn!‹ Und ihm bleibt nichts anderes übrig, als zu verstecken, was eben er kann, wobei er der Menge folgende Ansprache hält: ›Lacht nicht so voreilig, ihr Sterblichen! Was mir passiert ist, kann euch auch passieren. Soll ich euch vom Leid dieser Stadt erzählen, euch, die ihr von ihr geboren wurdet und euch von ihren Hochstapeleien ernährt? Ihr kommt aus eurer Wohnung, wie es euer gutes Recht ist. Ihr hüllt euch in euren allerschönsten Bubu, um euch gegen die Grobheiten draußen zu wappnen. Wie der Zufall will, habt ihr noch ein bißchen Geld hier im löchrigen Korb von Bidjan. Dieses Geld steckt ihr in die Tasche, die am besten zu sehen ist, damit ihr wißt, daß es da ist, und um, einmal ist keinmal, die lieben Mitmenschen zu verblüffen. Mit diesem Geld versehen und unschlagbar in eurer Naivität, steigt ihr in eins der Dinger, die man, da Worte niemals ehrlich genug sind, den wahren Kern einer Sache zum Ausdruck zu bringen, Bus nennt. Aber der Bus ist der verrufenste Stadtteil von Bidjan – im Vergleich dazu ist Yopougan ein Nest voller Unschuldsengel. Dort wird mehr als irgendwo auf der Welt geflucht und geklaut. Ihr steigt also in den Bus, ihr erduldet die Unzucht, ihr überlebt die Gerüche und Beleidigungen. Nur, wenn ihr angekommen seid, ist euch nichts von eurem Geld und sehr wenig von euch selbst geblieben. Ihr könnt nur noch auf den Zufall hoffen und die Ohren spitzen, wenn euch der Teufel etwas zuflüstert. Und ist die Sünde einmal begangen, habt ihr nicht eine einzige Münze, um der Dame euren Dank abzustatten. Ich schäme mich für mein Alter und den Turban eines Hadji. Was ich getan habe, ist unverzeihlich, möge Gott mich strafen!‹ Zu seinem großen Unglück kommt gerade in diesem Augenblick die Bande Karatekämpfer vorbei. Einer von ihnen ist bis zum Stehkragen abgefüllt mit Dolo und Hasch. ›Das sagst du jetzt, du hundert Jahre altes Warzenschwein. Für wen ist Treichville denn da, für die Tapferen oder für die Scheintoten? Geld hast du nicht und deine Männlichkeit, o je!... Und trotzdem treibst du dich auf der Avenue Reboul herum, nur um uns die Stimmung zu verderben, statt bei dir zu Hause zu bleiben, die Gläubigen zu segnen und deine große Familie zu erziehen!‹ Obwohl er bereits am Boden liegt, versetzten sie ihm weitere Schläge. Bis sich auf dem Balkon eines Gebäudes schließlich eine mitleidige Seele zeigt und ihm eine Pagne zuwirft: ›Bedecke, was der liebe Gott dir mitgegeben hat, und verdrück dich, bevor sie dich umbringen!‹ Die Geschichte ist zu Ende, die Leute haben wieder damit begonnen zu lügen und herumzulaufen, als ob nichts geschehen wäre. Wegen dieser Frau enden sämtliche Geschichten Bidjans ungereimt. Sie fängt eine in Koumassi an, läßt sie aber in Blokosso zu Ende gehen. Eines schönen Tages spricht sie euch von Vögeln, die gefischt werden, eines anderen Tages von Schafen, die schwimmen...«

Habib kann mich weiter schief von der Seite ansehen, wie man ein Monster beäugt; ich kümmere mich nicht darum. Das mußte wohl endlich ein Ende haben, die Heuchelei hat einfach zu lange angehalten. Von mir aus können sie mich ruhig an den Pranger stellen. Ich habe den Krug zerbrochen, also muß ich für die Folgen aufkommen. Aber sie irren sich, wenn sie meinen, sie müßten sich zu Richtern aufspielen. Ihre Klagen, ihre Verachtung, das Bild verspielter Schatten, das sie meinem getrübten Blick bieten, das alles zählt nichts. Auf, auf, mögen sie frohlocken, nun ja, das ist Kriegsrecht. Einigkeit entsteht immer nur auf Kosten eines anderen, und dieser andere bin nun ich, heute und für alle Zeiten. Aber sie sollten zur Kenntnis nehmen, daß sie nicht meine Richter sind. Mein Richter ist das grelles Licht ganz tief in meinem Innern, das brennt und blitzt und streng genommen nicht richtet, sondern meine Seele ausleuchtet, als wäre sie eine unerforschte Grotte. Und da ist weißlicher Schaum, fauliges Wasser, da sind feuchte, grünschimmernde Wände, da sind alte, in ihren Netzen wie in einer Falle gefangene Spinnen.

»Ungereimt wie alle Geschichten, die sie erzählt, man muß sich nur in Erinnerung rufen, was ›Persönlichkeit des öffentlichen Lebens‹ passiert ist. Gebt den Menschen ein Stück Obst, und sie fordern die Erde, auf der der Baum gewachsen ist. ›Persönlichkeit des öffentlichen Lebens‹ war im Grunde genommen kein schlechter Kerl. Aber leider sind die Leute hier zu gierig, schon ein Nichts verdreht ihnen den Kopf. Kaum daß er sein Dorf hinter sich gelassen hatte, wurde er Lagerarbeiter im Hafen, genau dort, wo die Schiffe und Wunder ankommen und wo Kakao und Kalauer gehandelt werden, das war kein leichter Posten! Und da schnüffelt unser Kleiner überall herum, wirft Augen so groß wie Trappeneier auf verbotenes Gelände. Ich muß euch das haarklein erzählen, meine Kinder, weil der Lebensweg von ›Persönlichkeit des öffentlichen Lebens‹ wie eine Briefmarke auf der Chronik von Bidjan klebt. Damals hatte er noch einen Namen und einen richtigen Männerberuf im Seemannsmilieu. Aber er wollte hoch hinaus, was hier mehr Verdruß als Bewunderung einbringt. Er wurde von seiner Utopie mitgerissen, vom Vergnügen zur Torheit, bis zu dem Vorstadtkino, wo er seinen Namen verlor. Zu jener Zeit galt er als aufgeweckt, forsch und sehr dynamisch. Burt Lancaster, ist das denn ein Senufo-Name? Statt Geld zurückzulegen, entwickelte er sich zu einem Dandy und huldigte den Bidjaner Nächten. Doch jene Frau lauerte schon auf ihn. Es ist so einfach für sie: Einmal erscheint sie als Krapfenverkäuferin, ein andermal als Jurastudentin oder als Tochter eines Obersts. In jener Nacht, als sie sich begegneten, erschien sie als Geschäftsfrau, Immobilienbesitzerin und Geschäftsführerin eines Restaurants. Sie fuhr gerade mit ihrem Datsun ein wenig an die Luft, als ihr Blick auf ihn fiel, wie er an der Avenue Biaka-Boda stand und per Anhalter fahren wollte – jedenfalls erzählte sie ihm das während der zehn Jahre, die ihre seltsame Idylle dauerte. Sie überzeugte ihn erst einmal davon, daß er zuviel Format hätte, um sein Leben in den Lagerhallen des Hafens zu beschließen. Sie kaufte ihm einen Smoking und betraute ihn mit der Geschäftsführung des Restaurants. Kurze Zeit später stellte sie ihn dem örtlichen Parteichef vor, und, siehe da, Burt Lancaster wurde Leibwächter, Gewerkschaftler, Sekretär oder Bürgermeister, dann Minister. Fahrer, Geliebte, Bankkonten und so weiter und so fort... Man hängte sein Porträt ganz oben am Hotel Ivoire auf. Pondo Kouakou, der Virtuose, komponierte zu seinen Ehren ein Lied für den Rundfunk. Sonawax, das Textilunternehmen, druckte Millionen Yards Stoff mit seinem Konterfei. Die Volksmeinung schrieb ihm zahlreiche Fähigkeiten und zahlreiche bewaffnete Zwischenfälle zu. Zeitungen und Fernsehen sahen ihn als den Kronprinzen, und wirklich verfehlte er, nachdem er es schon zu einem Büro im Amtssitz des Premierministers gebracht hatte, nur knapp das Sprungbrett ins Parlament... Eines Morgens wurde er wach und war arm. Niemand kannte ihn mehr. Die Frau war in ihre ozeanischen Gefilde verschwunden. Er erhob sich, um seine Villa in Augenschein zu nehmen: nur noch eine Mansarde irgendwo an dem Bach, der Adjamé von Williamsville trennt. Wo das Restaurant gestanden hatte: die unvergeßliche Mülldeponie von Marcory, deren Gestank eure Nasen bis ins Zentrum von Bingerville verfolgt. Das Ministerium war noch immer da, aber durch eine zweifache Umzäunung abgeriegelt. Da waren noch immer seine Wächter, seine Leibwächter, jene, die ihm die jungen Geliebten herangeschafft und die Schuhe geputzt hatten, aber niemand von ihnen erkannte ihn, ja, sie hatten sogar niemals von ihm reden hören! Er sah sich wie ein Penner behandelt und unsanft vor die Tür gesetzt, als er absolut nicht lockerlassen wollte. Ironie des Schicksals, zu jener Zeit gaben die armen Schlucker von Adjamé ihm den Spitznamen ›Persönlichkeit des öffentlichen Lebens‹. Tatsächlich hatte er begonnen, Busse und Märkte zu frequentieren, um überall sein Unglück zu schildern und ein paar Münzen für eine Kugel Akassa[1] zu erbetteln... Antonine, gib mir das Messer, ich sehe die Frau kommen, sie will mir mein Geld wegnehmen, sie will mein Haus unter Wasser setzen...«

Und die Grotte, in der es hell wird, das bin ich, das ist mein Ich, das ich nicht kannte... Wenn ich sie mit dem Libanesen vom Drugstore allein ließ, überbot ich mich im Erfinden von Ausreden, um ja nicht der Wahrheit ins Gesicht sehen zu müssen. Ich sagte mir, sie sei im Keller, mit dem Orientalen allein, um Poker zu spielen... sie, die keine Ahnung vom Kartenspielen hat! Oder um sich irgendwie die Zeit zu vertreiben oder um über Buddha zu reden. Perfekt eingeübt in die Kunst, mich über mein Gewissen hinwegzusetzen, mich blind zu stellen, führte ich mir nicht vor Augen, wie sie auf dem Gebetsteppich lag oder ihren nackten Körper dem Klicken der Polaroidkamera darbot. Wie auch schon bei unserem Herumtollen in Mermoz habe ich keinerlei Erinnerung daran, wie es angefangen hat. Obwohl ich doch anwesend war, als sich das alte Schwein an sie heranmachte. Garantiert habe ich so getan, als spielte ich Karten oder als sei ich angetrunken. Kouassi Kouassikro, dem

1 Maismehl

nichts entgeht, gab mir wahrscheinlich ein- oder zweimal mit den Augen einen Wink, doch ich ging darüber weg, als hätte ich nichts begriffen. Ich gab mir den Anschein, als wüßte ich nichts von dem Geld, das sie auf diese Weise verdiente. Ich sah zu, wie sie es in das kleine Fach ihrer Tasche stopfte, und begnügte mich, ohne groß zu leiden, damit, mir das Taxi, die Zigaretten, meine nächtlichen Streifzüge bezahlen zu lassen, auch die Rechnung, wenn wir mal im ›American Express‹ aßen. Auch darüber sprachen wir nie. Wozu soll es jetzt noch gut sein, Erklärungen zu suchen, die sich in der Nacht verlieren, jetzt, da das Unheil geschehen ist und der Kühlschrank, die Kameraden, ihre Gesichter und die Geräusche, die sie verursachen, nur noch ein schrecklicher Spuk für mich sind...

»Antonine, das Messer!«

»Und wenn ich mir die Augen aus dem Kopf gucke, Tantie, das Messer finde ich nicht.«

Ich vermute, daß die Sache mit dem Oberst schon... Ach, der Oberst, was für ein merkwürdiger Mensch! Seine Frau, eine Französin, kommt nur aus ihrer Villa heraus, um den Arzt im Postviertel aufzusuchen und ihren Valiumvorrat aufzufrischen. Man munkelt, daß sie sich nur deswegen noch nicht umgebracht hat, weil sie bisher weder das Datum bestimmen konnte, das zum Apex ihres Sternbildes passen würde, noch das Kleid gefunden hat, das eines so außergewöhnlichen Tages angemessen wäre. Der Ehemann verbringt derweil seine Zeit damit, im Mercedes durch die Stadt zu streifen, auf der Suche nach den neuesten Nightclubs und jungen Mädchen, die sich von ihm aushalten lassen. Als er sein Auge auf mich warf, konnte ich mich des Verdachts nicht erwehren, daß es wegen Idjatou war. Jeden Abend kreuzte er mit uns durch die Stadt bis zum Hotel Ivoire. Dort gab er mir ein bißchen Geld, damit ich mich im

Snackarama geduldete, und verschwand mit ihr unter fadenscheinigen Vorwänden. Und ich ließ den Vorhang fallen über meine Augen einerseits und den Schmuck, die Handtaschen, die Kleidung, die kleinen Geschenke andererseits, all die Vorteile... darunter auch die Stelle als Hostess im Hotel Tiama: ein paar Kleinigkeiten und häufig Gelegenheit, in seinem Luxuswagen zu fahren... Das Licht in mir fällt auf eine Welt voller alter Phantome, die ich, so scheint mir, nie gekannt habe, auf nichts anderes mehr. Heute abend ist sie nicht mehr da, und ich bin es mit Sicherheit auch nicht mehr. Ich gehe vielleicht in den Kongo, nach Niger, nach Gabun, um dort das zu tun, was Elgass gemacht hat. Zwischen dem Sahel und dem Äquator ist die Welt ja so groß!

»Antonine, das Messer!«

»Nein, ich habe nichts verschüttet! Mein Glas ist noch voll, wie ihr seht!«

»Antonine, das Messer!«

Und da kommt sie, Antonine. Sie kommt aus dem Abstellraum gerannt. Reißt sich die Pagne herunter, wirft sie weit von sich und schreit und schreit, so laut sie kann.

Treichville, immer noch Treichville. Wieder das Durcheinander am Hafen, der Höllenlärm der Getränkeauslieferer. Die Nachtwächter haben ihre Bretterbuden vor den Baustellen und Häusern verlassen. Die Lastenträger haben wieder von der Straße Besitz ergriffen. Straße Nr. 18 jetzt, unter einem Vordach, in einem Haus, in einem Schuppen, was weiß ich? Draußen scheint es zu regnen. Nein, es ist nur der Wind, der heult, das Hitzebad, die mir widerstrebende Berührung mit der feuchten und salzigen Luft. Ich lehne gegen eine Mauer, wenn nicht sogar gegen einen Berg Mangos – Fäulnisgeruch, Fetzen Moos oder verfaulte Schalen kleben an meinen Ellenbogen –, und ich bin zu nichts anderem mehr imstande, als meine Finger zu zählen, meine Jahre, die wahnsinnig gewordenen Dezibel des Straßenlärms. Unmöglich, das in mir herrschende Chaos zu ermessen, zu vieles entlädt sich, zu viele Erschütterungen. Mein Kopf ist ein wahres Wespennest, durch das Blitze zucken: Wein, Blut, Müdigkeit, alles, was rot ist und Angst verursacht.

Eben, als ich das Haus verließ, wohin ich niemals zurückkehren werde, sagte Laho – vermutlich war es Laho – zu mir: »Fort mit dir, verschwinde, siehst du nicht, daß es noch schlimmer wäre, wenn du bliebst? Du hast hier nichts mehr zu suchen!« Und ich habe vermutlich geantwortet: »Ich habe nichts damit zu tun. Nicht ich, Badio, habe das getan. Solche Dinge kann ich gar nicht tun, in meinen Kopf sind viel zu viele Hemmschwellen eingebaut. Sobald es wirklich ernst wird, schalte ich zurück, komme ins Rutschen. Es ist nur ein Unfall, ich weiß nicht, wo ich meinen Verstand hatte, und sprich nicht von Blut. All das ist nur ein böser Traum, warte, bis sich die Nacht verflüchtigt hat, bis sich der Alkoholdunst in unseren Köpfen verflüchtigt hat. Bald wird alles wieder normal sein...« Doch nein, ich habe nichts dergleichen gesagt, ich konnte kein Wort über die Lippen bringen. Seit neuestem steigt alles, was von meinem Herzen kommt, in meinen Kopf, in das große schillernde Loch, das auf meinem Hals sitzt.

Wo ich bin, ist keine Tür. Zwischen zwei Anfällen von Bewußtlosigkeit kann ich das Himmelspanorama sehen, wo die Sonne sich anstrengen muß, die Wolken auseinanderzureißen. In der Ferne die Mißklänge einer Reisschälmaschine, das Hin und Her der Stoffärberinnen im Wirrwarr der Hinterhöfe, die schlaftrunkenen Stimmen der Frauen, die Maniok schälen, das Plätschern, wenn die Huren den Inhalt ihrer Toiletteneimer in den Rinnstein schütten. Das gleichmäßige Schlagen der kleinen Mechaniker im Viertel, das Klirren der Sodawasserverkäufer, Dieselmotoren der Busse, fröhliche Laute alter Fetische. Seeleute aus Ghana, Schiffsjungen von den Philippinen, korsische Paten und Tuchhändler aus Tanger. Plötzlich die Stimmen der Muezzine, die von den Minaretten herab zum Gebet rufen...

»Hier kann man leben!«

Ob Glaubenseiferer oder profan, für jeden ist in Treichville Platz, vorausgesetzt, er willigt ein, Rituelles und Sexuelles, Heiterkeit und Spitzbübereien miteinander zu vermischen. Tantie Akissi hat recht: »Hier findest du das Verrückteste, das die Welt zu bieten hat, fliegende Händler, Propheten, Körper in Hitze, widerlichen Gestank.« Schlemmerei, Schufterei, Raserei, Starre, das ist Treichville for ever. Die Anlegebrücke ist immer noch da, die Barken, die kleinen Strolche und die Großtuer. Ich bin die ganze Uferstraße entlanggewandert, dem Krösus begegnet, bin dem Lahmen gefolgt. Ich bin den Weg hinaufgegangen, den die Frauen, die mit Knollenfrüchten handeln, für gewöhnlich nehmen. Ich habe die vom Duft nach Fufu und geröstetem Kaffee gesättigte Luft eingeatmet. Ich habe dem Hund eine kleine Münze, dem Bettler zwei oder drei Münzen zugeworfen. Ich habe die Senufo-Statuette berührt, ich bin zusammengezuckt vor dem unbeirrten Blick der Ratte, die aus den Häusern huschte. Ich bin an den rosaverputzten Häusern des Wohnblocks der Zone 3 vorbeigegangen, an den farblosen Schranken der Sportanlagen. Auf dem Hof der neuen höheren Schule ist eine Blume erblüht: ein blaßrosa Seifenkraut, zart und anrührend wie das tränenüberströmte Gesicht eines jungen Mädchens. Ich sehe die Blume jetzt in aller Deutlichkeit, bis hin zu den kaum wahrnehmbaren Umrissen ihrer Staubgefäße. Die geistige Klarheit stellt sich bei mir oft im Gefolge eines Übermaßes an Verwirrung ein, wie bei einem Opiumsüchtigen, der seinen Verstand erst mittels einer Überdosis wiederfindet. Ich bin am Tiefpunkt meines Verderbens angelangt, das macht mich scharfsinnig, das gibt mir Kraft.

Da bin ich nun auf der Avenue Ouezzin-Coulibaly, an Wochentagen fährt der Bus hier vorbei. Man steigt Rue de la Mairie um, in der Nähe des Plaza-Kinos. Dann, das ist ganz praktisch, der 8er bis zum Roten Viertel. Dort werde ich also allein aussteigen und Diallo der Mühe überlassen, sich in aller Ruhe in Vermutungen zu ergehen; ich habe an andere Dinge zu denken, an das Gesicht der Krankenschwester oder an meine immer unwahrscheinlicher werdenden Prüfungen, das ist alles, was augenblicklich zählt. Seltsam, wie das Gedächtnis zu arbeiten beginnt, wenn man seinem Untergang entgegengeht! Ich weiß auf die Sekunde genau, wann der Gedanke an Prüfung anfing, mir keine Ruhe mehr zu lassen; ich weiß noch, wie er mir mehr und mehr Gewissensbisse verursachte, bis er zum einzigen Dreh- und Angelpunkt wurde, zur fixen Idee. Nämlich, als Mafing von Indizien und Zufällen sprach in den Umschreibungen, die typisch für ihn sind, wenn er einen in die Sackgasse treiben will. Genau in jenem Augenblick hat der Gedanke an Examen alle anderen Gedanken verdrängt. Ähnliches mag sich im Kopf des einen oder anderen Kranken abspielen: Die Erinnerung an Kopfschmerzen in der Kindheit wird wichtiger als das tragische Gesetz von Leben und Tod. »Antonine, das Messer! Bring mir das Messer!« Der bestechende Wahn von Tantie Akissi? Er beschäftigte meinen Verstand nicht mehr als irgendein unbedeutendes Detail um mich herum. Und die anderen, die sah ich nicht mehr, die hörte ich nicht mehr wirklich. Vertraute Köpfe, die ich nicht wiedererkannte. Ganz anders auch die Geräusche von Füßen und Stühlen, Worte aus weiter Ferne, harte Worte, mehr oder weniger über mich. Hatten sie bemerkt, daß das Messer verschwunden war? Hatte sie etwas zu ihnen gesagt, bevor sie den Raum verließ? Ich habe sogar geglaubt, Arsiké würde scherzen, als er von auf dem Boden verschüttetem Wein sprach. »Du hast ihn bis zur Treppe gekippt. Tiobendo, mein Guter, nimm dich doch ein bißchen zusammen!« Wie nicht anders zu erwarten, fuhr Laho als erstem der Schreck in die Glieder. Er tauchte einen Finger in die rote Lache und sagte weinerlich: »Aber das ist kein

Wein! Das ist kein Wein, ich schwöre es euch!« Sie sind zum Abstellraum gestürzt, und Antonine kam schreiend herausgerannt.

»Monsieur!«

Ich frage mich, ob ich von mir aus nachsehen ging oder ob mich die anderen mitgenommen haben.

»Monsieur, Sie sprechen mit sich selbst, das ist nicht gut!«

Arsiké richtete sich auf wie ein Zirkusbär, sagte immer wieder vor sich hin: »Mein Gott, mein Gott!« Antonine schrie den Hof zusammen, und Tantie Akissi redete weiter in ihrem Wahn, wie ein Radio, das man vergessen hat auszustellen.

»Monsieur, Sie könnten etwas Besseres tun als Selbstgespräche führen: Kaufen Sie die Zeitung. Sie kommt gerade aus der Druckerei und ist so taufrisch wie eine Rose.«

Der Schlingel, der sich vor mir aufgebaut hat, bietet seine Waren im Bauchladen an. »Monsieur, Cola, Kaugummi, Bonbons, kaufen Sie die Zeitung, Monsieur...«

Ich ziehe einen von den Scheinen, die Diallo uns geliehen hat, aus der Tasche, ich kaufe die Zeitung und ein bißchen von allem, dann kommt der Bus. Zu dieser morgendlichen Stunde sind die Busse akzeptabel: Die Türen sind ohne Schwierigkeiten zugänglich, die Sitze frei und sauber. Ein paar Büroangestellte, ein paar Nachtschwärmer auf dem Weg nach Hause. Ich setze mich dem Muslim gegenüber. Er trägt noch die Pagne, die Karatekämpfer sind noch um ihn, und nun gibt er ihnen als Retourkutsche Saures: »Selbst mein Jüngster würde es mühelos schaffen, euch herunterzuputzen, ihr müden Krieger, ihr Ganoven aus dem Kiez, ihr Herumtreiber, ihr Wickelkinder mit mehr als hundert Vätern! Euch hat man nicht einmal beigebracht, dem Alter Respekt entgegenzubringen! Ich verfluche euch! Ihr werdet

Syphilis kriegen und schwachsinnig werden! Kokotten werden sich in euren Betten wälzen! Ich sage euch eine Nachkommenschaft von lauter Bastarden und Satansbraten voraus!«

Schaumiger Speichel tropft ihm aus den Mundwinkeln, und er fuchtelt so heftig mit den Armen, daß er mehrmals die beklagenswerte Pagne zurechtrücken muß, die seine Blöße bedeckt. Die Karatekämpfer, jetzt wieder nüchtern, nehmen es mit Humor: »Ach, Alterchen! Gerade du mußt von Respekt reden? Du wirst bei einer Hure erwischt, du bezahlst sie nicht, du findest dich ohne alles, selbst ohne eine Unterhose, mitten auf der Straße wieder, und du wagst es, von Respekt zu sprechen? Oh, Mann Gottes, das alte Bidjan, das ist zuviel des Guten! Da hat man lieber nicht alle Tassen im Schrank, als daß man mit den Draufgängern Bidjans zu tun bekommt!«

Ich überrasche mich dabei, daß ich wie die anderen Fahrgäste lache, und mir fällt nicht sofort auf, daß mir jemand die Hand auf die Schulter legt: »He, du, guter Mann, gib mir etwas, damit ich mir Aloko kaufen kann... Kennst du mich, oder warum siehst du mich so an? Gib mir etwas, und hör auf mich anzustarren.«

»Ach, du bist es, ›Persönlichkeit des öffentlichen Lebens‹«, sage ich mit zitternder Stimme. »Ich hatte dich mir anders vorgestellt.«

Er wendet sich den anderen Fahrgästen zu: »Seht ihr wohl? Der hier hat mich erkannt, das ist ein junger Mann mit Köpfchen! Ihr anderen, ihr habt ja kein Gedächtnis. Man könnte euch die Eier abschneiden, und am nächsten Morgen dächtet ihr nicht mehr daran!«

»Gib Ruhe, ›Persönlichkeit des öffentlichen Lebens‹«, sagt einer der Karatekämpfer. »Wenn einer von euch Bidjanern einmal zum Minister ernannt worden ist, glaubt er gleich, daß er in seinem ganzen Leben auf Rosen gebettet wäre. Du mußt jetzt den Gürtel enger schnallen. Es gibt Leute, die, wenn du ihnen den Tag zeigst, vergessen, daß ihm die Nacht folgt, und deswegen ist das Leben so schwierig!«

»Gut gesagt, mein Kind«, tut der Muslim kund, der sich die Angelegenheit zunutze macht, um sein eigenes Unglück zu vergessen. »Daß heute Montag ist, ist noch lange kein Grund anzunehmen, daß morgen nicht der Dienstag käme. Die Welt wäre nur ein Skelett, wenn es anders wäre.«

»Persönlichkeit des öffentlichen Lebens« steigt an der Haltestelle bei der Seifenfabrik aus. Mir wird bewußt, daß ich ein Exemplar *Fraternité-Matin* in den Händen halte. »Der Alte« ist auf Staatsbesuch in Italien. Morgen wird er mit großem Pomp im Palazzo del Quirinale empfangen, danach stattet er dem Papst einen Höflichkeitsbesuch ab. Kissinger und Le Duc Tho trinken in Paris zusammen Tee. Nixon reist wahrscheinlich nach China. Der französische Finanzminister speist bei den Hungernden im Sahel. Dem Staatssekretär eines abgelegenen Landes ist ein Orden zuerkannt worden. Weißbubu droht damit, den Senegalfluß aufzustauen, wenn Dakar sich darauf versteift, seinen politischen Gegnern Asyl zu gewähren. Herrgott nochmal! Africa hat gegen die Mimos von Asec ein Unentschieden erreicht, und das in der zweiten Meisterschaftsrunde! Bani, dieser Idiot, muß unbedingt ausgetauscht werden; seit er bei den Mimos Libero ist, läuft nichts mehr! Und so viele andere Legenden, die den Lebenden den Eindruck vermitteln, die Welt sei noch immer da, ebenso verläßlich und vielversprechend wie zur Zeit der Propheten... Ich halte mich lange auf bei dem Foto vom Schah-Restaurant Persepolis, dann schlage ich die Innenseiten auf, meine Lieblingsseiten wegen der Comics: »Dagos Abenteuer«, einer vom Dorf, den es nach Bidjan verschlagen hat, und »Lichter der Großstadt«, die Chronik des allseits berühmten Zoui Nicéphore Kokobé, ein ebenbürtiger Mitstreiter von Félix Fénéon und dem *Canard enchaîné*.

Seite 7: »Worauf warten wir noch, um endlich den Übeltäter namens ›Orkan‹ festzunehmen? Gestern hat er folgenden Schaden angerichtet: Ein Mangobaum von fünf Metern Durchmesser ist auf die Entbindungsstation von Koumassi gestürzt. Glücklicherweise gibt es keine Verletzten zu beklagen, denn die Wöchnerinnen und Säuglinge sind schon seit längerer Zeit in der Garage untergebracht, der einzigen Stelle in der Einrichtung, wo es nicht hereinregnet... Brandunglück in Bromakoto: Gestern abend hat Monsieur Brousse, ein französischer Entwicklungsexperte, sein Haus in Brand gesteckt, in der Absicht, seine Frau zu verbrennen. Das gibt uns Gelegenheit, noch einmal zu wiederholen, worauf hinzuweisen wir nicht müde werden: Attention aux feux de brousse! Verhütet Buschbrände!... Anono: Beim Spielen mit seinen schwarzen Kameraden ist der kleine Ire Sean O'Neil gestern in die Kanalisation gefallen... Das war unsere Rubrik ›Buntes aus aller Welt‹.«

Seite 8: »Avenue Reboul: Der Imam der Moschee von M'Poto ist in flagranti des Ehebruchs überführt worden. Die tapferen Huren, über die alle Welt herzieht, werden in Anspruch genommen, wenn Gott nicht mehr helfen kann. Es fehlt nur noch, sie den Eid der Hypocriten schwören zu lassen... Unfall auf der Straße nach Bassam: Ein Baka-Fahrer ist gestern samt seinen Fahrgästen in eine Springflut geraten und ertrunken. Aktivisten und Aktivistinnen, es ist Zeit, daß wir uns zusammenschließen, um Einhalt zu gebieten... General-de-Gaulle-Brücke: Aus noch ungeklärter Ursache hat Monsieur Ernest Yao Diomandé, der überaus sympathische Finanzdirektor der nationalen Gesellschaft für Seetransporte, die Kontrolle über seinen Wagen verloren. Letzterer landete in der Lagune, sein Besitzer mit einem Beckenbruch und zahlreichen Prellungen auf dem Asphalt... Verteilerkreuz von Indiéné: Schlechter Witz oder himmlisches Wunder? Ein LKW-Fahrer fand sich letzte Nacht samt Lastwagen und Ladung auf der Spitze eines Strommasten wieder. Die Feuerwehrleute, die den Mast hinaufstiegen, um ihn herunterzuholen, stellten fest, daß der Kopf des Monsieur eine Drehung um 360 Grad erlitten hatte. Nicht weit von ihm wurde das Foto einer Frau gefunden. Wie heißt es doch in dem Lied: ›Du hast mir den Kopf verdreht‹... Der Einbrecher Kaboré glaubte gut beraten zu sein, als er sich Zugang zum Haus von Madame Bégré verschaffte, der sanften Mutter, die in Adjamé Pagnen verkauft. Aber es bekam ihm schlecht, denn die gute Frau jagte ihm eine Schrotladung in den Hintern...«

Die Seite 9 ist die klarste, die lesbarste, als seien die Nachrichten, die dort abgedruckt sind, wahrer als die anderen. Sie wird durch keinen Fliegendreck, keine Druckfehler, keine Zwiebelfische verunziert, von denen die vorherigen Seiten übersät und die typisch für afrikanische Zeitungen sind. »Der unerklärliche Selbstmord einer jungen Guineerin. Das Mädchen Idjatou, eine junge Guineerin, die vor ihrem Abflug nach Brüssel stand, wo sie ihr Studium fortsetzen wollte, hat sich aus noch ungeklärter Ursache das Leben genommen. ›Sie war in letzter Zeit sehr deprimiert‹, vertraute Monsieur Habib, der Vorsitzende der guineischen Gemeinschaft von Bidjan, uns an. ›Ein unschätzbarer Verlust für unsere Gemeinschaft.‹ Endlich einmal eine, von der niemand behaupten kann, Weißbubu hätte sie umgebracht...«

»Fort mit dir«, hat Laho zu mir gesagt, doch ich bin geblieben und habe Antonines Schreie gehört und wie Tantie

Akissi im Wahn sprach. Vor meinen überreizten Sinnen tanzten Mauern, Tische, Gesichter. Ich sah die Tasche, die sie neben den Plattenspieler gestellt hatte, ihr Deodorant, ihre Puderdose, das Flugticket, den Brief... Ich glaube nicht, daß ich den Brief genommen habe. Ich bin um die Säule gegangen, bin ein- oder zweimal in die Blutlache getreten, dann nichts mehr, Schmerz, Leere, draußen der gähnende Abgrund...

Während ich an der Haltestelle Rotes Viertel aussteige, bemerke ich Diallo, der seine Kekse, Rasierklingen und Kugelschreiber in sein aufklappbares Möbel packt. Ich schleiche mich hinter die Hecke, die den Boulevard André-Latrille säumt, in der Absicht, seinen Blicken zu entgehen. Aber der alte Schakal hat mich doch aufgespürt: »Was ist denn mit dir los, Badio? Gehst du neuerdings an mir vorbei, ohne guten Morgen zu sagen? Was ist denn passiert in der Bar Hélène?«

Marabut, der Hund, ist tot. Im Tode ähnelt er einem dicken, pausbäckigen Kind, das von seinem Spielzeug träumt. Die Kinder haben ihm den Fellturban abgeschnitten und ihm dann ein Auge ausgerissen. Ich vertreibe die Fliegen und Ameisen, die seinen Bauch anfressen, und ohne lange zu überlegen, decke ich den Kadaver mit Gestrüpp zu.

In der Nähe der Lehmgrube treffe ich die Frau des Samurai. Sie hat rote Augen und zerzauste Haare. Auf ihrem Gesicht spiegelt sich eine unnatürliche Fröhlichkeit, der sie offensichtlich nichts abgewinnen kann, gegen die sie aber auch nicht ankommt.

»Hallo, Unabhängiger! Grüßt du nicht? Weißt du schon, daß der Samurai nicht nach Hause gekommen ist? Er ist allen Ernstes fortgegangen. Das ganze Geld hat er mitgenommen und uns, mich und die Kinder, in der Klemme sitzen lassen. Oder er ist tot, was genauso oder doppelt so schlimm wäre... Unabhängiger, sag doch was, oder soll ich dir lieber ein Dolo holen?«

Ich springe über die Abflußrinne. Der Krieg ist zu Ende. Twenty... Fifty... Seventy... Sie unten am Bus, die Matrone an der Tür. Das Gepäck ist auf dem Dach verstaut, und der Fahrer hat es eilig: »Was du hier vor dir siehst, Madame, ist ein Fahrer, der eine leidenschaftliche Vorliebe für schnelles Fahren hat. Aber trotzdem brauche ich mehr als eine Stunde für die Strecke von hier bis zum Flughafen, wegen der Staus und der blöden Fulbe, die am Ortsausgang von Koumassi ihre Rinder durch die Gegend treiben. Daher mußt du dich beeilen, Madame, ein Flugzeug ist kein Bus, es wartet nicht.«

Da ist sie in ihrem Bustier mit Wappenmuster, und sie kommt auf mich zu. Von so nahe habe ich sie noch nie gesehen. Es ist, als ob sie mich umarmte, als ob sie mit mir ein Rendezvous im Universum ihres Duftes hätte. Sie hat eine kleine Warze auf der Wange, was der Harmonie ihrer Gesichtszüge übrigens keinerlei Abbruch tut, im Gegenteil, ihrer Schönheit erst den rechten Glanz verleiht, wie die goldene Blume am Nasenflügel einer Inderin.

»Morning, Mister Badio. Richten Sie Idjatou aus, daß ich Papillon mitnehme. In dem Zustand, in dem er sich momentan befindet, könnte sie nichts mit ihm anfangen. Er kommt mit uns, es ist besser so. Wenn er überlebt, welchen Namen soll ich ihm geben?... Mister Badio! Sagen Sie doch etwas, Mister Badio!«

Die Engelchen tragen gestreifte Hosen, Tweedjacken und Krawatten mit Goldfäden. Ich hätte Lust, ihr zu sagen: »Wie schön Sie sind zwischen ihnen!« Aber ich sage nichts. Ich begnüge mich damit, sie schweigend anzusehen, ohne Scham, unfähig, meine Hand davon abzuhalten, in meine

Tasche zu greifen... Nein, es ist kein Traum, der Brief ist wirklich da, ich habe ihn also doch eingesteckt, als ich die Bar Hélène verließ. Ich falte ihn auseinander, und während die Krankenschwester in den Bus steigt, lese ich ihn:

Liebe unbekannte und zärtliche künftige Gattin,

gestatten Sie, daß ich Ihnen noch einmal sage, wie glücklich ich bin, die Ehe mit einer Afrikanerin zu schließen. Eher seltsam, nicht wahr, für einen Belgier, der überdies als Baron geboren wurde und aus einer verarmten Familie stammt, doch bitte ich Sie, mir glauben zu wollen. Mein Onkel, der, wie ich Ihnen schon schrieb, das verlorene Schaf der Familie war, arbeitete als Holzfäller in Ruanda. Er hat dort Elefanten gejagt und in engem Kontakt zu den Pygmäen gestanden. Seit meinem zartesten Alter hat er in mir eine grenzenlose Leidenschaft für Ihren Kontinent geweckt, trotz des Unsinns, den unsere zivilisierte europäische Gesellschaft über alles, was Sie betrifft, immer verbreitet hat. Ich bin, ebenso wie meine Cousins und Tanten, glücklich, Sie bald in Rocklenge-sur-Geer (das ist ein reizendes altes Dorf in den belgischen Ardennen) begrüßen zu dürfen. Sobald die Hochzeitsfeierlichkeiten beendet sind, werden Sie mir natürlich helfen, Heu einzubringen und Rüben zu ernten. Fünfzig Jahre, da ist man nicht mehr ganz jung, aber Sie werden sehen, daß mir noch Kräfte geblieben sind. Sie werden sich schnell einleben. Übrigens, unser Postbote ist einer der Ihren, aus dem Kongo, glaube ich.

Ihr Didier de Trez,
den es drängt, Sie in die Arme zu schließen.

P.S.: Wenn ich bedenke, daß ich lange gezögert habe, bevor ich mich, auf Empfehlung meiner Tante Suzy, an die

Zeitschrift mit den Heiratsanzeigen wandte! Gestatten Sie, daß wir uns auch nach der Hochzeit weiter siezen. Das ist der einzige Charakterzug, den ich von meiner adeligen Herkunft beibehalten habe.

Ich hebe den Kopf. Der Bus ist schon weit weg. Ich sehe gerade noch, wie er an der Ecke Marienstraße – Boulevard de France verschwindet. Mit sich nimmt er die Neonlichter, die Verkehrsadern, die Passanten, Bidjan, die kurzlebige Stadt.

1970, Abidjan, die Hauptstadt der Elfenbeinküste. Der Biafrakrieg geht zu Ende, und die Flüchtlinge kehren nach Hause zurück. So auch eine Gruppe ausgemergelter Kinder und ihre Betreuerin, die Krankenschwester, die in Abidjan Zuflucht gefunden hatten. Zurück bleiben die Flüchtlinge aus einem anderen westafrikanischen Staat, dem Nachbarland Guinea. In ihrer Heimat hat sich das Terrorregime Sekou Tourés etabliert – es stürzt erst 1984, nach dem Tod des Diktators.

Guinea in den heutigen Grenzen gibt es erst seit dem Ende des neunzehnten Jahrhunderts, als französisch-britische Abkommen die Einflußsphären der beiden Kolonialmächte festlegten. Vorher war die Geschichte des Landes eng mit der Geschichte der großen westafrikanischen Königreiche verknüpft, die sich bis nach Guinea erstreckten und Handelsbeziehungen bis in den Mittelmeerraum unterhielten: das Reich Gana (8.-11. Jh.), das Mali-Reich (11.-14. Jh.) mit dem legendären Herrscher Soundjata Keita und dem König Mansa Mussa, der auf seiner Pilgerreise nach Mekka so großzügig mit Gold bezahlte, daß der Goldpreis auf Jahre hinaus verfiel, sowie das Reich von Gao (15.-16. Jh.). Daneben gab es kleinere Königreiche, Regionen, wo die Menschen in kleinen Gemeinschaften lebten, und an der Küste europäische Handelsniederlassungen. Im 17. Jahrhundert wanderten islamisierte Fulbe in den Fouta-Djalon ein und gründeten dort einen theokratischen Staat. Um 1870 errichtete Samory Touré, später der »Bonaparte des Sudans« genannt, in der südlichen Hälfte des alten Mali-Reiches den islamischen Staat Ouassoulou. Als die Franzosen ins Landesinnere Guineas vordrangen, setzte Samory Touré ihnen erbitterten Widerstand entgegen. Er unterlag ihnen erst 1898, nach siebenjährigem Krieg. Die letzten Widerstandszentren gegen die Kolonialmacht wurden 1912 eingenommen – 20 Jahre nach der Gründung von »Französisch-Guinea«.

Die zwanziger und dreißiger Jahre standen im Zeichen des Ausbaus der Kolonialherrschaft und der wirtschaflichen Ausbeutung der Kolonie. Erst der Zweite Weltkrieg – Tausende afrikanischer Soldaten hatten für das Mutterland gekämpft – brachte eine Veränderung in den Beziehungen zwischen Frankreich und seinen westafrikanischen Untertanen sowie Reformen, die zur Gründung antikolonialer Bewegungen und zu ersten Schritten in Richtung Unabhängigkeit führten. Aus der Kolonie wurde die Französische Union; Zwangsarbeit und das drakonische Strafrecht wurden abgeschafft, Pressefreiheit, gewerkschaftliche Rechte und ein abgestuftes Wahlrecht eingeführt; alle Einwohner Französisch-Westafrikas erhielten die französische Staatsbürgerschaft. Parteien und Gewerkschaften wurden gegründet; in Guinea entstanden, zunächst als guineische Sektion der 1946 gegründeten *Rassemblement Démocratique Africain* (RDA), die *Parti Démocratique de Guinée* (PDG) und eine Gewerkschaft, die *Confédération Général du Travail,* die sich an der französischen kommunistischen Gewerkschaft, der CGT, orientierte. Die Forderung radikaler Sozialreformen und erfolgreiche Arbeitskämpfe verhalfen dem Gewerkschaftsführer Ahmed Sekou Touré zum politischen Durchbruch. Sekou Touré übernahm auch die Führung der PDG, die, da es ihr gelang, alle Völker Guineas zusammenzubringen, stärkste politische Kraft wurde – nicht immer ohne den Einsatz von Gewalt. Verstärkte Unabhängigkeitsbestrebungen und die Staatskrise in Frankreich, die 1958 im Algerienputsch und in der Rückkehr de Gaulles an die Macht gipfelte, zwangen die Kolonialmacht zu weiteren Zugeständnissen. Im Verfassungsentwurf der Fünften Republik wurde die Französische Union von der »Communauté« (Gemeinschaft) abgelöst, einer Art »Commonwealth à la française«. De Gaulle forderte die Wähler in Frankreich und Übersee auf – das allgemeine Wahlrecht war 1957 eingeführt worden –, per Verfassungsreferendum für oder gegen die Zugehörigkeit zur »Communauté« zu stimmen. Als einziges Land der Französischen Union lehnte Guinea – mit überwältigender Mehrheit der Neinstimmen – das Referendum ab. Bei einem Besuch de Gaulles in Conakry hatte Sekou Touré in einer Rede verlauten lassen, daß Guinea die Armut in Freiheit dem Reichtum in Knechtschaft vorzöge, und der verärgerte de Gaulle daraufhin im Falle eines Nein die sofortige Unabhängigkeit in Aussicht gestellt. Also zog Frankreich alle seine Beamten aus Guinea zurück, die Kredite wurden gestoppt, technische Einrichtungen abgebaut, die Archive vernichtet und die politischen Beziehungen auf Eis gelegt. Am 2.10.1958 erklärte Sekou Touré, nun Guineas Präsident, die Unabhängigkeit. Die übrigen Länder der Französischen Union folgten diesem Beispiel, so im August 1960 auch die Elfenbeinküste, die unter dem Präsidenten Felix Houphouet-Boigny, dem Mitbegründer der RDA, ebenso wie die übrigen Länder des ehemaligen Französisch-Westafrika die Zusammenarbeit mit Frankreich fortsetzte.

In Europa als Kämpfer für die afrikanische Einheit und den afrikanischen Weg zum Sozialismus geachtet, baute Sekou Touré in Guinea ein autoritäres Regime sozialistischer Struktur auf. Nach dem Rückzug Frankreichs suchte er in den USA, England und der BRD, dann aber, bedingt durch den Kalten Krieg, in der Sowjetunion, der DDR, in Kuba und China finanzielle und technische Unterstützung.

Nach dem Vorbild der sozialistischen Staaten wandelte er die PDG in eine Einheitspartei um, die das gesamte öffentliche Leben und die Verwaltung des Landes kontrollierte. Partei- und Staatsapparat waren identisch. Planwirtschaft, die Entmutigung privater Initiativen sowie das Verbot allen privaten Handels, die Abschaffung der Meinungsfreiheit und die erbarmungslose Unterdrückung oppositioneller Kräfte entzogen einer aufgrund vorhandener Rohstoffe durchaus möglichen Entwicklung jegliche Basis.

Sekou Touré, im Roman Weißbubu genannt, weil er sich in der Öffentlichkeit nicht anders als in einen schlichten weißen Bubu gekleidet zeigte, machte Guinea zu einem afrikanischen Gulag: 1959 untersagte er einen Kongreß der Schüler und Studenten, Auftakt eines langjährigen Kampfes der Studenten gegen das Regime. 1960, nach einem vermeintlichen Komplott guineischer Kaufleute, die sich gegen den Austritt des Landes aus der westafrikanischen, auf dem französischen Franc basierenden Währungszone wehrten, ließ er Bücher und Zeitungen öffentlich verbrennen. 1961, ungünstige Witterungsbedingungen und der Ausfall landwirtschaftlicher Maschinen bedingten eine schlechte Ernte, der Dreijahresplan wurde nur zu 30% erfüllt, kam es zu Streiks der Lehrer und Schüler, und es wurden Lebensmittelgutscheine eingeführt. 1964 richtete sich der Kampf der PDG gegen die Privatwirtschaft, ein Spitzelsystem wurde etabliert. 1963 wurde der Versuch, eine Oppositionspartei zu gründen, vereitelt. Nicht nur die Parteimitglieder wurden verhaftet und zum Tode verurteilt, eine Terrorwelle überzog das ganze Land. 1966/67 ging es noch einmal gegen die Kaufleute und gegen die höheren Beamten. 1969 wurden, nach einem gescheiterten Attentat auf Sekou Touré, das angeblich daran beteiligte Militär, aber auch Parteigenossen und Leute aus dem Umkreis des Diktators verhaftet und exekutiert.

Im November 1970, also kurz nach dem Zeitpunkt, an dem *Zahltag in Abidjan* spielt, und nach dem Ausbruch des Befreiungskrieges in Guinea-Bissau drangen portugiesische Soldaten nach Guinea ein, um in Conakry inhaftierte Portugiesen zu befreien. Mit ihnen kamen Exilguineer, die den Diktator stürzen wollten, was mißlang und Sekou Touré veranlaßte, im gesamten Land des Komplotts Verdächtige, darunter ein Drittel der politischen Führungskräfte, verhaften und hinrichten zu lassen. Der Ex-Minister Abdoulaye Diallo, der zehn Jahre Einkerkerung im berüchtigten Folter- und Todeslager Boiro überlebte, hat das Terrorregime minutiös beschrieben und Sekou Touré an die Seite von Hitler, Mussolini, Duvalier und Idi Amin Dada gestellt (*La verité du ministre.* Paris 1985). 1973 wurden wiederum die Exilguineer eines Komplotts beschuldigt. 1976 ließ der Diktator viele Fulbe inhaftieren, foltern und ermorden. 1977 kam es infolge der Verstaatlichung des gesamten Handels zum Aufstand der Marktfrauen in Conakry, dem sich immer mehr Menschen anschlossen. Sekou Touré ließ die Marktfrauen verhaften, doch die Demonstrationen, bei denen er sich angesichts der schreienden Menge kaum Gehör verschaffen konnte, brachten ihm eine erste Niederlage bei. Immer wieder von neuen Verhaftungswellen unterbrochen, setzte eine vorsichtige Liberalisierung ein, verbunden mit einer Öffnung gegenüber den Nachbarländern und dem westlichen Europa.

Das Regime Sekou Touré endete, als der Diktator 1984 völlig überraschend verstarb. Er hinterließ 50.000 Tote und zwei Millionen Guineer – ein Viertel der Bevölkerung – im Exil. Die Folgen der Diktatur hat Guinea bis heute nicht überwunden. Einst eine »Kornkammer«, müssen nun Nahrungsmittel importiert werden. In den UN-Jahresberichten über die Lebensqualität in den Mitgliedsländern figuriert das Land an letzter Stelle. Die Menschen haben sich von den Erinnerungen an den Terror noch nicht befreien können. Keine Familie, die nicht Opfer zu beklagen hätte.

Tierno Saïdou Diallo, der sich als Schriftsteller nach seiner Großmutter Néné Mbo, die ihn erzogen hat, Monénembo nennt, wird 1947 in Porédaka im Fouta-Djalon geboren. Er verläßt Guinea 1969, nach seinem Abitur. Die ersten Jahre des Exils verbringt er in Senegal und der Elfenbeinküste, studiert Biochemie in Dakar und Abidjan. Nach dreijährigem Aufenthalt in der Elfenbeinküste kommt er 1973 nach Frankreich, wo er seine Studien fortsetzt. Nach der Promotion an der Universität Lyon ist er von 1979 bis 1981 als Lehrer in Algerien tätig, von 1981 bis 1985 in Marokko, dann wieder in Frankreich, in der Normandie, wo er heute als freier Schriftsteller lebt.

1979 erscheint in Paris sein erster Roman: *Les crapauds-brousse* (Die Buschkröten); 1987 erhält er für *Les écailles du ciel* (Die Schuppen des Himmels), seinen zweiten Roman, den Großen Literaturpreis Schwarzafrikas. 1991 veröffentlicht er *Un rêve utile* (Ein nützlicher Traum), 1993 *Un attiéké pour Elgass* – das nun unter dem Titel *Zahltag in Abidjan* als erster seiner Romane in deutscher Übersetzung vorliegt – und schließlich 1995 *Pelourinho.* Tierno Monénembo setzt sich in seinen Werken mit dem modernen Afrika, seinen politischen, gesellschaftlichen und kulturellen Widersprüchen, auseinander. Es geht ihm dabei nicht um den großen gesellschaftlichen Entwurf, er verkündet keine moralischen Botschaften. Monénembo erzählt Geschichten, die Schlaglichter werfen auf die Wechselfälle des Lebens, erzählt von den Stolpersteinen auf dem Lebensweg seiner Protagonisten, nicht ohne Ironie und Sarkasmus, aber mit aller Sympathie. Ort der Handlung ist immer die Großstadt.

Die ersten beiden Romane schildern, mit deutlichen Anspielungen auf das koloniale Guinea und das Regime Sekou Touré, das Leben der Menschen in einem fiktiven afrikanischen Staat, ihre Erfahrungen mit Unterdrückung und Terror. In *Les crapauds-brousse* kehrt Diouldé, ein Elektroingenieur, nach dem Studium in Ungarn in sein Heimatland zurück, gewillt, seine Kenntnisse zum Wohle seiner Mitbürger einzusetzen. Statt dessen erhält er einen Posten im Außenministerium, wo er den lieben langen Tag damit verbringt, Berichte zu schreiben, die niemand liest. Er kommt in Kontakt mit der intellektuellen Elite, die dem Regime zwar kritisch gegenübersteht, aber doch vornehmlich damit beschäftigt ist, das Leben im Wohlstand zu genießen, und so ihren Teil zum Weiterbestehen der Diktatur beiträgt. Obwohl eher ein apolitischer Mensch und darauf bedacht, nicht aufzufallen und sich jeder Äußerung zu enthalten, die ihn in Mißkredit bringen könnte, wird er – wie auch seine Freunde – anläßlich einer vermeintlichen Verschwörung verhaftet und hingerichtet. Seine Frau schließt sich einer Widerstandsgruppe an. In *Les écailles du ciel* erzählt ein Griot das abenteuerliche Leben Cousin Sambas, den es, noch während der Kolonialzeit, vom Dorf in die Hauptstadt verschlägt, wo er, immer zufällig und unfreiwillig, in die Wirren des Befreiungskampfes, die Erlangung der Unabhängigkeit, die Errichtung einer Diktatur sowie die unablässige Abfolge von Staatsstreichen und deren Niederschlagung nach dem Tode des Diktators mit einbezogen wird. Immer wieder landet er im Gefängnis, überall begegnet er Gewalt, Korruption und Elend...

Mit *Un rêve utile* und *Pelourinho* verlegt Tierno Monénembo den Schauplatz nach Europa und Brasilien. *Un rêve utile* spielt in Lyon, im Universitäts- und Immigrantenmilieu, wo ein junger Student aus Guinea den Einwanderern aus Afrika Lesen und Schreiben beibringen soll. Aber, Ironie des Schicksals, die Rollen kehren sich um, der Lehrende wird zum Lernenden. *Pelourinho* erzählt, in Umkehrung von *Roots* und anderer Romane über Nachkommen der Sklaven, die in Afrika ihre Wurzeln suchen, die Geschichte eines afrikanischen Schriftstellers, der sich nach Salvador de Bahia begibt, auf den Spuren eines sagenhaften Königs von Dahomey und auf der Suche nach seinen Vorfahren, eventuellen Cousins und seiner Identität. Eine Suche, die untrennbar verwoben ist mit Pelourinho, einem Armenviertel Bahias, ehemals dem ältesten Sklavenmarkt Brasiliens. In seinem Bemühen, die leidvolle Geschichte des Sklavenhandels dem Vergessen zu entreißen, scheitert der Schriftsteller. Besiegt von seiner Gegenspielerin, der Vorstadt Pelourinho mit ihren Bewohnern, deren Faszination er mehr und mehr erliegt, stirbt er einen absurden Tod.

Auch in *Zahltag in Abidjan* ist die Stadt mehr als nur der Schauplatz der Romanhandlung. Sie ist immer präsent, in der Studentenwohnstadt, auf den Wegen und Straßen, in den Kneipen, im Bus. Der Roman beschreibt Abidjan, die Millionenstadt, oder, genauer gesagt, die einzelnen Stadtviertel als einen Mikrokosmos afrikanischer Realität. Den Marktfrauen, diversen Händlern, Barkeepern, Beamten, Huren, Zuhältern, kurz, allen möglichen kleinen Leuten, bietet sie wie auch der Gruppe guineischer Studenten bescheidene Existenzmöglichkeiten, manchmal auch eine Chance. Für dieses oft trügerische Glücksversprechen hat Tierno Monénembo ein eindrucksvolles literarisches Bild gefunden: Mamy Wata, die Frau aus dem Meer. Der mächtige weibliche Wassergeist, ein Mythos in Westafrika, der durch Tantie Akissis Träume geistert, nach Gutdünken gibt und nimmt, die Männer verführt und sie ins Verderben stürzt, hat das Schicksal der Stadt und ihrer Bewohner in der Hand, die mit mehr oder weniger Erfolg ankämpfen gegen ein Leben »wie eine Busfahrt: Schlaglöcher, Schicksalsschläge, Albernheiten und Geschwätz, Schleuderpartien entlang der Lagune, alle Augenblicke Kurven und nach jeder bewältigten Teilstrecke die Gefahr, umzukippen.«

Daß dabei so mancher schon längst aus der Kurve geschleudert worden und umgekippt ist, schildert Tierno Monénembo ebenso eindringlich wie die Gratwanderung seiner Protagonisten zwischen dem Überlebenskampf und ungewissen Erfolgsaussichten im Großstadtalltag. Das solidarische Füreinandereinstehen der guineischen Studenten erweist sich als vordergründig, illusionslos demontiert der Autor den schönen Schein und zeigt, wie der Mensch dem Menschen ein Wolf wird – in einer ganz bestimmten Situation: dem Exil, das überkommene gesellschaftliche Werte, moralische Prinzipien und soziale Beziehungen obsolet werden läßt. *Zahltag in Abidjan* ist ein Roman des Exils.

Tierno Monénembo hat hier, wie er in einem Interview ausführt, eigene Erfahrungen eingebracht: »Anfang der siebziger Jahre waren wir ungefähr hundertfünfzig guineische Studenten in Abidjan. Die ivorische Regierung hatte uns in der Studentenwohnstadt Mermoz einquartiert. Ich war fast noch ein Jugendlicher. Abidjan ist ein ganz wichtiger Abschnitt in meinem Leben. Ich lernte dort einen Mann kennen, der uns nachhaltig geprägt hat. Er hielt sich zu Studienzwecken dort auf und hatte eine ganz andere Lebensauffassung als wir – ein Phantast und ein Null-Bock-Typ. Er hieß Elgass, und dieses Buch habe ich geschrieben, einmal, um ihm nach seinem Tode ein Denkmal zu setzen, und zweitens, um diesen Abschnitt unseres Lebens festzuhalten. Elgass hat also wirklich existiert. Auch Tantie Akissi hat existiert, aber in Man (Elfenbeinküste). Wie in allen meinen Romanen habe ich die Handlungsstruktur auf meinen Lebenserfahrungen aufgebaut, dann aber erweitert. Die Erfahrung des Exils ist, glaube ich, an jedem Ort gleich. Aber für uns junge Menschen damals war das Exil in den Nachbarländern leichter zu verkraften. Wegen der klimatischen Bedingungen, aber auch aufgrund der sozialen Verhaltensweisen. Wir brauchten eine Umgebung, die viel Wärme ausstrahlte.«

Die Erfahrung des Exils und dessen literarische Bewältigung teilt Monénembo mit seinen guineischen Schriftstellerkollegen. Camara Laye (1928-1980), der aufgrund seiner Kindheitserinnerungen (*L'enfant noir,* Paris 1953; dt.: *Einer aus Kurussa,* Zürich 1954) wohl bekannteste guineische Autor, ging 1963 ins Exil nach Senegal und publizierte 1966 seine Abrechnung mit dem Regime Sekou Touré (*Dramouss;* dt.: *Dramouss,* Zürich 1967). Außer dem Roman *Le Regard du Roi* (Paris 1954; dt.: *Der Blick des Königs,* Zürich 1963) hat Camara Laye nach einem mündlich überlieferten Malinké-Epos das Leben des Soundjata Keita, des Gründers des Mali-Reiches, dargestellt (*Le Maître de la Parole.* Paris 1978) – ebenso wie Djibril Tamsir Niane (*1932), der drei Jahre im Lager Boiro verbrachte, dann wie Laye nach Senegal ins Exil ging (*Soundjata ou l'épopée mandingue,* Paris 1960; dt.: *Soundjata: Ein Mandingo-Epos,* Leipzig 1975). Alioum Fantouré (*1938), exiliert seit 1965, erhielt 1973 für *Le cercle des Tropiques* (Tropischer Wendekreis) den Großen Literaturpreis Schwarzafrikas. Der Roman schildert minutiös die sich schon vor der Erreichung der Unabhängigkeit abzeichnende Diktatur in einem fiktiven afrikanischen Staat – gemeint ist Guinea.

Williams Sassine (*1944), Mathematiklehrer, heute freier Schriftsteller in Conakry und einer der wichtigen Autoren Afrikas, lange Jahre in Frankreich und in verschiedenen Ländern Westafrikas im Exil, beschreibt in seinen Romanen

Wirriyamu (Paris 1976, dt.: *Kreuzigung in Wirriyamu*, Berlin-Ost 1980) und *Le jeune homme de sable* (Paris 1979) die Funktionsmechanismen der Terrorherrschaft und ihre Auswirkungen auf die Menschen. 1985 veröffentlichte er *Le Zéhéros n'est pas n'importe qui* (Der Nullheld ist nicht irgendwer), einen Picaro-Roman, der die Erlebnisse eines Exilguineers am Todestage Sekou Tourés und bei seiner unmittelbar darauf erfolgenden, desillusionierenden Rückkehr nach Guinea schildert.

Monénembo glaubt, daß das Exil dem Schriftsteller eine besondere Verantwortung auferlegt: »Guinea ist mir immer gegenwärtig. Aber vielleicht haben wir, die wir nicht im Lande leben, eine eher der Wahrheit entsprechende Vorstellung von Afrika. Vielleicht läßt uns das Exil erkennen, daß es Filter gibt, die wie Nebel den Blick auf Afrika verstellen und die wir wegräumen müssen, bevor wir zu dem vorstoßen können, was ich als das wahre Afrika bezeichne. Aber das dürfen wir nicht aus dem folkloristischen Blickwinkel betrachten! Afrika suchen heißt nicht, sich wieder den Bubu überzustreifen. Wir müssen begreifen lernen, welche historischen und geistigen Entwicklungen Afrikas uns dahin gebracht haben, wo wir heute stehen: Wo sind die Gründe für die gegenwärtige Krise? Wie können wir sie überwinden? Das sind die Fragen, die ich mir stelle. Es geht nicht darum, ein längst vergangenes, paradiesisches, spielerisches Afrika, ein Idealbild, wiedererstehen zu lassen. Nein, es geht darum, die afrikanische Modernität darzustellen.«

Die guineischen Schriftsteller sind in ihrem Heimatland bekannt, wenn nicht gar berühmt. Über ihre Werke wird regelmäßig in Rundfunk und Fernsehen (das nur in der Hauptstadt und Umgebung empfangen werden kann) und in den wenigen Zeitungen berichtet. Die Literatur Guineas steht auf dem Lehrplan der weiterführenden Schulen.

Gelesen werden die Werke der guineischen Schriftsteller kaum. Bibliotheken, in denen die Bücher ausgeliehen werden könnten, gibt es nur wenige. In Conakry gibt es zwar zwei Buchhandlungen, aber der Preis der meist aus Frankreich importierten Bücher ist so hoch, daß die wenigsten es sich leisten können, einen Roman eines afrikanischen Autors zu kaufen.